原作：ハルノ晴
脚本：市川貴幸
おかざきさとこ
黒田狭
ノベライズ：百瀬しのぶ

あなたがしてくれなくても
（下）

JN122486

扶桑社文庫
0794

本書はドラマ『あなたがしてくれなくても』のシナリオをもとに小説化したものです。

小説化にあたり、内容には若干の変更と創作が加えられておりますことをご了承ください。

なお、この物語はフィクションであり、実在の人物・団体とは無関係です。

7

ドリンクバーの前に立ち、目についたボタンを押してみる。コップの中に乳酸菌飲料が注がれる。半分ほど注いだところでやめて、次にメロンソーダを注いでみる。

ここまでどうやって来たのだろう。よく覚えていない。頭はぼんやりとし、胸は苦しく、胃はキリキリと痛み、体は重かった。吉野《よしの》みちはそれでもどうにか足を前に出し、ファミリーレストランにたどり着いた。

〈……俺……一度だけみちのこと……裏切った〉

満ちてゆくコップを見つめながら、みちは夫の陽一《よういち》に言われた言葉を思い出していた。

頭の中で再生される陽一の声に、上司であり、〝セックスレスの戦友〟であり、それ以上に心を通わせかけて踏みとどまった相手でもある新名誠《にいなまこと》が送ってきた《困らせてごめん。本当に同僚に戻ろう》というメッセージが重なり、底なしの暗い気持ちに襲われる。

みちはコップを手に、席に戻った。注文したものの、食べる気にならずに残したスイーツの皿と、飲み残したティーカップが置いてある。深いため息をつき、どろりとしたドリンクをストローでかき混ぜながら、みちは何げなく店内を眺めた。席はほぼ埋まっている。土曜日のファミレスには老若男女さまざまな人が集まっていた。

幸せそうに食事をしている家族、草野球を終えて乾杯している中年男性、おしゃべりに花を咲かせているママ友集団、うるさくして注意されて、それでも笑っている高校生たち、キャアキャアと恋バナしてる女子たち……。そして、奈落の底に落ちた三十二歳、結婚五年目の女、それが、自分だ。いろいろごちゃまぜで何がなんだか……。

みちは変色したドリンクをストローですすった。

「マズ……」

ゲホゲホとむせている自分が、むなしすぎた。

陽一は勤務先のカフェでコーヒーを淹《い》れていた。でもボーッとしていてお湯を注ぎすぎて、ネルから珈琲《コーヒー》豆があふれてしまった。慌てて手を止めて周りを片づけている。

「奥さん、具合悪くなったんですか？」

店のスタッフでもあり、陽一がみちにしでかしてしまったたった一度の「裏切り」の相手でもある三島結衣花《みしまゆいか》が声をかけてきた。

「ん？」

「旅行」

「え、ああ」

今朝、みちが家を出てしまった後、陽一は出勤した。家にいるより仕事をしているほうがマシだと思ったから。結衣花には、みちの体調不良で旅行は延期になったと適当なことを言った。

「また言ってくれればシフト変わるんで」

結衣花に言われ、陽一は「ああ」と、曖昧《あいまい》にうなずいた。そんな陽一の様子を、結衣花は首をかしげながら見ている。と、結衣花のスマホが震えた。

「……すみません、ちょっと」

電話に出てもいいかという仕草をしてくる結衣花に、陽一はこくりとうなずいた。

結衣花はスマホを手に、店の外に出た。電話をかけてきたのは、結衣花のかつての不倫相手だった岩井雄二《いわいゆうじ》だ。

「いいかげんにしてもらえますか？　ちゃんと奥さんに説明してください。私とあなたはもう関係がないって。奥さんから内容証明が送られてきました……内容証明！　いや知らないいじゃなくて……」

話している途中で通話が切れた。結衣花は怒りで全身が湧きたっていた。

新名誠の妻である楓《かえで》が相変わらず忙しく編集部で仕事をしていると、部下のひとりが取引先からもらった差し入れの洋菓子を持ってきた。

「これ、楓さん好きなやつですよね、どうぞ！」

「あー！　またベリシアの社長来たんだ」

疲れている夕方に、甘いものは嬉《うれ》しい。ただ、手を出しかけたけれど、ふと手を止めた。

「……やめとこ。今日、私もう上がるから」

お菓子は受け取らず、楓は仕事を続けた。そして新名との約束を思い出して、笑みを浮かべた。

今朝、楓は新名に思いをぶつけた。その後すぐに新名は出かけてしまったけれど、楓が仕事に行く準備をしていると、大きな花束を手に家に帰ってきた。楓へのプレゼントだ。

「すごくきれい……ありがとう」楓は胸がいっぱいになる。

「ごめんね、最近……」新名は言った。

「ううん、それは私のほうだから」これは、楓の心からの言葉だった。

「いや、楓が変わろうと努力してくれてるのに、俺は」

「ううん。あのさ、今夜早く帰るから」

「じゃあ、レストラン予約してもいい？」

「あ、うん」

「あの日からやり直せるかな？」

新名の言葉に、楓はうなずいた。堪えていたのに、目に涙がこみあげてくる。

「ちょっとヤバイ、メイクしたところなのに！　やめてよ！」楓は花束を見つめ「あ、レストラン行くなら服替える！」と、慌ててクローゼットに向かった。

「時間平気!?」背後から聞こえる新名の声に「平気じゃない！」と、楓は声を弾ませた。

もうすぐ予約の時間だ。新名は自宅のリビングのソファでスマホを手にして、みちとのＬＩＮＥのトーク画面を開いた。これまで交わしたやりとりを見ていると、心が和む。と、同時に心が痛い。新名は決心し、トーク履歴を消去した。

次にアルバムを開いて、みちと行った水族館の写真も消した。と、一枚、みちの姿が水槽のガラスに映り込んでいる写真があった。新名は写真の中のみちを見つめた。

もう何時間ここにいるだろう。みちはファミレスのテーブルにぐったり伏せてスマホを見ていた。

こんなときに相手してくれる人が私にはいない——。

店内を見回すと、やっぱりどのテーブルも楽しそうだ。よけいに孤独感が深まる。みちはLINEを開いて友だちリストをスクロールする。ふと、職場の後輩で、〝恋愛の達人〟である北原華《きたはらはな》の名前が目にとまった。連絡してみようか。でも……。

華ちゃんはどうせ今日もデートでしょうね。

そう思い、さらにスクロールして友だちを探した。

土曜日だというのに、店の客足が途切れた。

「……何かあったんですか?」片づけをしていた結衣花が、陽一を見た。

「何って」

「奥さんと」

「……話しちゃったんだ」陽一は迷いながらも、告げた。結衣花はきょとんとしている。

「三島さんとのこと。一度だけの過《あやま》ちだし、言うつもりじゃなかったし、でも」

「でも？」

「話の流れで、つい」

「……つい」

「いや、本当のことだし、ずっと嘘ついてるより、いつか話したほうがいいことだとは思ってたから」

陽一が話すのを聞いていた結衣花の表情が、どんどん険しくなっていく。

「ごめん、夫婦の話を」

「バカじゃないの」結衣花はおもむろに陽一の胸ぐらを掴んだ。

「え……」

戸惑う陽一を睨《にら》みつけ、結衣花は乱暴に手を離し、陽一を押した。

「ホントに男って……それ、夫婦だけの問題じゃないから」

結衣花は陽一を呆《あき》れたように見る。「は？ ずっと言えなくて苦しかったですか？」

「え……」

「言えてすっきりしました？」

「いや」

「自分の心に刺さってた杭《くい》抜いて、代わりに奥さんの心にそれブッ刺しただけでしょ」

「そんなつもりじゃ……」

「それで今、奥さん血流してるんですね」

結衣花の言葉に、陽一はハッとした。

「奥さんに刺さったその杭、どうなるかわかります？」

畳みかけられ、陽一はさらに黙り込むしかなかった。

「女は痛みが消えるまで黙って耐えるほどバカじゃないから。その杭、今度は浮気相手の女に突き刺すんですよ」結衣花は蔑《さげす》むように陽一を見た。

「店長、ひとつ教えてあげます。覚えておいたほうがいいですよ」

これ以上いったい何を言われるのかと、陽一は身構える。

「不倫は妻を変えるって」

結衣花の目は、これまで見たことのないほど冷めきっていた。


カラオケボックスの一室で、華がノリノリで熱唱している。みちは無気力にソファに座って、その様子を見ていた。結局、連絡できるのは華しかいなかった。

「先輩も歌ってください、こういうときは歌わなきゃ！」

歌い終えて、華がみちにマイクを差し出す。

「いや、私は……」

「何歌います？」

華にどの歌を入れるのかとしつこく聞かれ、みちは渋々、曲を選んだ。

情念の炎を燃やしながら『天城越え』を歌うみちを、華は「先輩はこっちでしたか……」と、引き気味に見ていた。


新名は楓とレストランで食事をしていた。

「今日、ありがとう」ちゃんと時間通りに来た楓は、食事を堪能《たんのう》していた。

「ううん」

「あっという間」楓はしみじみと言う。「結婚して七年なんて」

「ふたりでこういうところに初めて来たときさ、俺、慣れてなくて、わざわざ着て行くための服……」新名は思い出し笑いをした。

「そうそう。たしか、誠の服選ぶのに夢中で」楓も記憶が蘇《よみがえ》ったようだ。

「そうだったね」

あのとき、楓は新名をアパレルショップに連れていき、何通りものコーディネートを考えてくれた。

「気づいたら首にネクタイ何本も引っ掛けてた」楓は笑った。

「でも一生懸命で、ステキだなって思った」

新名は当時の感情を思い出していた。コーディネートが完成したとき、楓は新名を見て満足げにうなずいていた。でも自分の首にたくさんのネクタイがかかっていることに気づいて、恥ずかしそうな表情を浮かべた。そんな楓が、ほんとうに愛おしかった。

ふたりは互いの顔を見て、笑い合う。

「私……ずっと走りっぱなしだった」楓がぽつりと言う。

「頑張ってきたから」

「ごめんね、誠」

「いいんだよ」

新名は申し訳なさそうにしている楓を励ますように、グラスにワインを注いだ。


「何も聞かずに来てくれてありがとう」

一曲歌って少し気持ちが落ち着いたみちは、華に頭を下げた。

「先輩って友だちいないんですか？」フードメニューを見ていた華が、みちを見る。

「そういえば、全部、陽ちゃんに話してた。だからこういうとき、誰に何を話したらいいかわからない」

「そういうもんですか」

「……結婚するとさ、なんでも話せる友だちとか減っていくのかもね」

学生時代の仲の良い友だちは何人かいた。でも二十代、三十代と歳を重ねていくうちに、未婚、既婚、子どもがいる、いない……と、立場が変わり、いつのまにか腹を割って話せる友だちがいなくなっていた。

「先輩、今日はとことん話を聞いてあげます！」

そう言って、華はフライドポテトを注文した。すぐに運ばれてきた山盛りのポテトを頬張る華に、みちは陽一が浮気したことを話した。

「ま、ワンナイトってやつですね、軽犯罪」

華はなんでもないことのように言う。

「重罪だよ、重罪、死刑だよ、私とはしないのにほかの人とはするなんて」

みちの言葉を聞き、華は首をかしげた。

「先輩とはしない」

「あ……えっとね……」よけいなことを言ってしまった。でももう、すべて正直に話すしかない。

「レスだったの。というかレスなのウチ」

笑われるかと思ったけれど、華は真剣な顔で聞いている。

「なんか私ばっかりいろいろチャレンジしては惨敗して」

「……それで旅行」

「夫婦にとって大事なことだと思うからさ、あきらめずにやってきて。私はずっとレスで悩んでたのに、それ知ってて、ほかの人とするなんて最大の裏切りでしょ？」

みちが言うと、華は手にしていたフライドポテトを皿に置いた。

「やめた、やっぱ私帰ります」

「え？」

「女人禁制の我が家に特別に泊めてあげようと思ってたけど、泊めません。だって先輩ひとりだけ被害者ヅラして」

「な、なに？」

「そりゃ、浮気がバレた旦那さんも罪だけど。でも先輩ひとりだけが被害者なんですかね？」華は荷物を持って立ち上がった。

「あ、すぐそこにビジネスホテルあるんで、じゃ」

「え、華ちゃん！」

慌てて呼び止めたけれど、華は振り返ることなく、出て行ってしまった。

先に入浴を済ませた楓は、リビングで新名が風呂から上がるのを待っていた。ソファに腰を下ろし、スマホでメールをチェックしていると、ちょうど仕事関係のメールが届いた。少し迷ったけれど、また仕事モードに戻るわけにはいかない。気にはなったが、思いきってスマホの電源を切った。ところが、パジャマ姿でリビングにやってきた新名が言う。

「楓は仕事するよね？　先寝るね」

「え……」

戸惑う楓に、新名はおやすみ、と言うと寝室に行ってしまった。セックスの心構えができていた楓は拍子抜けして、その背中を見送った。

陽一が仕事から帰ってくると、家には誰もいなかった。予想はしていたけれど、みちは帰っていない。陽一は冷蔵庫から缶ビールを出した。プシュッという音が、誰もいないリビングにやけに響く。勢いよく飲んでみたけれど、あまりおいしく感じない。

寝室に行き、ベッドにひとり横になった。ひとりなのにいつものように壁側に寄り、みちのスペースを空けてしまう。陽一はみちが眠る場所を見た。セックスはしなくなっても、隣に眠ることがあたりまえだったみち……。陽一はみちの不在を強く感じていた。

みちはビジネスホテルの部屋のベッドにバンッと体を投げ出した。

私とはしないでほかの人とするなんて……私は被害者じゃないの？

何度考えても腹が立つ。部屋でひとりになると、怒りが押し寄せてくる。怒りだけじゃない。悲しいし、これからどうなるのか、不安に襲われる。

と、ＬＩＮＥが着信した。スマホの画面を見ると華からのメッセージが表示されていた。

みちは起き上がって、部屋のドアを開けた。と、華が手土産を提げて立っていた。

「華ちゃん……」

「はいこれ」

華が差し出したのは、デパートの袋だ。中にお菓子の箱が入っている。

「ありがとう……」

「違いますよ。これは先輩が旦那さんと行った温泉のお土産です。旅行行ったふりするんですよ。もちろん新名さんにも」

華は、デパートの物産展で、休み明けにみちが会社で配るお土産を買って来たのだという。

「まずはそっち、ちゃんと解決しなきゃ」

華の言う〝そっち〟とはつまり、新名との関係だ。

「今そのロープ摑んだら、もっと深い泥沼に落ちますよ」

「う……」たしかにそうだ、と、みちは言葉に詰まった。それなのに、今朝のみちは、新名に救いを求めていた。

「明日は一日ゆっくりして、月曜日は会社絶対来なきゃ駄目ですよ」

年下の華にもっともなことを言われ、みちは素直に「はい」と、うなずいた。


陽一は歯ブラシを片手に、残りが少なくなった歯磨き粉をチューブから無理やり絞り出そうとしていた。昨夜はほとんど眠れなかった。日曜日で店は休みだからゆっくり寝ていてもよかったのに、目が覚めてしまった。

「んだよ……」結局、歯磨き粉は残っていなかった。苛立ちながらゴミ箱に放り込むと、玄関のほうでガタンッとドアが開く音がした。

陽一はびくりとして洗面所の中から玄関の気配をうかがった。ドアが閉まる音が聞こえたので、急いでトイレに駆け込み、中から鍵をかけた。
みちは玄関で靴を脱ぎ、家に上がった。陽一がトイレに逃げ込んだことはわかってい
た。ちゃんと向き合おうとせずにコソコソする陽一に、改めてうんざりする。
寝室に行き、クローゼットから衣類を取り出して荷物をまとめていると、トイレの水
が流れる音がした。トイレに入っていたという演出をしているのだ。
くだらない。
みちはトイレから出てきた陽一を、いないものとして扱うことにした。完全無視だ。
衣類をまとめ終わり、ほかの生活用品を取ろうとして立ち上がると、そばに突っ立って
いる陽一が邪魔だった。みちの仕草を見て脇によけた陽一は、所在なげにつっ立ってい
る。
何かひとこと言ってやろうか。
そう思ってはいたけれど、結局、何も言わずにいた。口を開いたところで、陽一を責
める言葉しか出てこないし、そうしたら陽一は黙るだけだろう。
陽一は陽一で、みちに声をかけようか迷っているのがわかる。でもきっと声をかけて
こない。そういう人だ。

とりあえず数日分の荷物をまとめ終わり、バッグを持って立ち上がった。玄関に向かい、さっさと外に出て、ふぅ、と息を吐いた。部屋にいた数分間、息をするのも忘れていたように感じる。

やっぱダメだ、顔見たらなおさら腹が立ってくる。

みちはすたすたと歩きだした。

※

週明け、出勤したみちは共有デスクに、華が用意したお土産の菓子を置いた。

「えー、先輩、温泉旅行、楽しかったですかー？」華がおおげさに声を上げた。

「……う、うん」みちはぎこちなく笑い「みなさん、よかったらどうぞ」と、周りにいた社員たちに勧めた。

「あざーす！」近くにいた田中裕太《たなかゆうた》が菓子を持っていく。

みちは新名のデスクのほうを見た。席をはずしていて、姿はない。みちは菓子をひとつ手に取り、新名のデスクに置いた。その様子を見ていた華が、それでいい、とばかりに笑みを浮かべて大きくうなずいた。

おし！　どうだ！

これでいいんだ。みちも華に笑顔を返した。

陽一が浮かない顔で店の外の掃除をしていると、店のオーナーである高坂仁《こうさかじん》がやってきた。

「なに昼間っからたそがれてんだよ」

「別に……」テンションが低いのはもともとだ。

「まぁ、男にだって泣きたいときもあらぁな」

「泣いてないですけど」

「男の涙は流すもんじゃないの、飲み込むもんだからよ」

人生の先輩としていいアドバイスをしてあげたと、自分に酔っているようだった。高坂は陽一の肩をポンと叩《たた》き、満足げに店に入っていった。

新名が会議室から戻ってくると、デスクにお菓子が置いてあった。

「それ、吉野さんが」田中が言う。そうだ、みちは夫婦関係修復のために旅行に行ったのだ。あの日、新名は最後にみちの顔を見たいと思い、《十時にいつもの場所で待っている》とみちにメッセージを送った。しかし、新名はそこに行かなかった。みちもまた、来ることはなかったのだろう。新名は胸がチクリと痛むのを感じつつ「ああ」と、納得した。

「吉野さん」廊下でみちを見かけ、声をかけた。

「あ……お疲れ様です」

「旅行、行ってきたんですね」

「あ、はい、久しぶりに」

「よかったですね」

「ありがとうございます。たまにはいいですね、夫婦で旅行するのも」

「うちも、レストランでディナーしたんです」新名は、あえて自分たち夫婦のことも報告してみた。

「あ、もしかして記念日の？」

「はい、もう一度、あの記念日からやり直そうって」

「よかったじゃないですか！」みちは笑顔になり、「お互い、夫婦の再構築うまくいってますね」と、周りに聞こえないよう、声を潜めて言った。

「はい」

「なんか、戦友に戻ったみたいですね」

「はい、応援してます」

「私もです、じゃあ」

「じゃあ」

お互いに笑い合い、何事もなかったように反対方向に歩き出す。新名はたまらなくなって振り返り、遠ざかっていくみちの背中を見た。そして未練がましい自分を奮い立たせ、再び歩き出した。


大丈夫、うまく話せた。背すじをピンと伸ばし、気丈に歩いていたみちだが、ほんとうは動揺し、胸がドキドキしていた。ざわついた気持ちを落ち着かせるため、トイレに入った。そしてトイレの鏡に映る自分の顔をじっと見つめた。


午後、新名は待ち合わせの喫茶店にやってきた。

「お待たせしました」

「いえ、この度はありがとうございます」

待ち合わせの相手は、名刺を出した。『株式会社A New Company 滝澤大《たきざわだい》輝《き》』とある。新名に連絡していた、スカウトエージェンシーの担当者だ。新名も名刺を差し出して交換し、向かい側の席に着席した。

「興味を持っていただけて光栄です。まずは新名さまの希望される待遇や条件などお聞かせいただければと思いますが、現在勤めておられる会社の……」滝澤が話しだしたとき、新名のスマホにＬＩＮＥが着信した。母親の幸恵《ゆきえ》からだ。

「すみません、ちょっと」

滝澤に断ってトーク画面を開き内容を読むと、一時退院したという知らせだった。ホッと胸をなでおろし、滝澤との面談を再開した。


夕方、新名は自宅に幸恵を招いた。

「一時退院なら言ってよ、迎えくらい」キッチンで料理を作りながら、声をかける。

「だって仕事の邪魔するの悪いじゃない、でも結局ごめんね、楓さんまで早く帰ってきてもらっちゃって」

「いえ全然」楓もキッチンで、新名と一緒に夕食の支度をしていた。

「楓さん、どう？　着こなし大丈夫かな？」

幸恵は楓がプレゼントしたカーディガンを着ていた。といっても、楓は仕事で忙しく、預かった新名が渡したのだが。

「はい、やっぱり似合いますね」

「そうでしょ？　私が病院の中で一番オシャレ」幸恵はいたずらっぽく笑う。

「自分で言う？」

新名は呆れたように笑い、楓に「それ弱火にして」と、声をかけた。

「ほんと仲よし夫婦よね」

幸恵は目を細めてふたりを見守っている。

「でも、私が仕事忙しすぎて誠さんに迷惑ばっかりかけてて」

「大変な仕事だもん。あ、それより誠の面倒見るほうが大変か」幸恵が言う。

「え？」楓は目を丸くした。

「なにが？」新名は幸恵を見た。

「この子さ、ちょっと真面目すぎるところあるでしょ。完璧主義っていうかさ。昔、子どもの頃、パズル買ってあげたんだけど、最後の一ピースがなくなっちゃったのよ」

「へぇ、どうしたんですか？」

「大泣きして、悔しがって三日も口きかないんだから」

「それ言いすぎ」さすがに話を盛りすぎではないかと、新名は抗議した。

「しょうがないから同じパズル買ってあげたわよ」

幸恵の話を聞き、楓は「えー」と驚いている。

「いや、真面目っていうかさ。クソ真面目、なのよ」

「ちょっとわかりますー、お皿使えってうるさくて」楓は幸恵に同調した。

「なに、楓まで」

「だから楓さん、この子のそういうところにつきあわないでいいからね」

「でも、私、これからは仕事と家庭の両方をちゃんと考えようと思ってるんです」

楓は新名に「ね？」と、笑いかけた。新名はなんとなくこの状況に違和感を抱きつつも、無理して笑みを返した。

「じゃあそろそろお孫ちゃんも……なんて、そんなこと言っちゃダメね」

「いえ、自分たちのペースで前向きに考えていこうと思ってます」

楓が前向きな発言をすればするほど、なぜか新名の気持ちはモヤモヤするばかりだ。

楓がそんな自分の様子を気にしていることも感じて、新名は居心地が悪かった。

夕飯は完成したのに、幸恵は自宅に戻ることになった。

「ごめんね、急にお父さん早く帰ってくるみたいで」

「もう少しゆっくりしてからでも……」楓が玄関先で声をかけたが、幸恵はもう気持ちが急《せ》いている。

「お父さんのお風呂沸かさなきゃ」幸恵は車で送っていく支度をしながら言った。

「一時退院なのに、そんなことまで……」新名は車で送っていく支度をしながら言った。

「久しぶりに私だって『おかえり』って言いたいのよ」

幸恵は夕食を詰めたタッパーが入った紙袋を掲げ「ありがとね、じゃあまたね」と、楓に声をかけ、新名とともに玄関を出た。

もう仕事はない。でも、みちは会社に残っていた。時間を持て余してため息をついていると、帰り支度をした華が「帰る気になりました？」と、声をかけてきた。

「全然」

「まだご立腹か」

「だって荷物取りに一瞬帰ったけど、何も言わないし」みちの怒りは収まっていない。

「旦那さんってそんなに悪いことしました？」

「したでしょ!?　ほかの人としたんだよ？」

「先輩、気持ちわかるでしょ」

「え……」みちは言葉を詰まらせた。

「浮気なんて現実逃避以外なくないですか？」

「……現実逃避」

「辛い分だけ遠くに逃げようとしちゃいません？」

華の言葉を胸の奥で噛《か》みしめながら、みちはのろのろと帰る支度をして部署を出た。

陽ちゃんは……何から逃げようとしてたんだろう。陽ちゃんはずっと悩んでた……。

「プレッシャーなんだよ」

頭の中に、陽一の言葉が蘇ってくる。

「できないかも……俺、旅行いってもできないかも」

そう言ったときの、陽一の苦しそうな顔も。

その間、私は……。

「愛してたらお互い求めたいって思うのが普通じゃないの？」と、咎《とが》めた。それだけじゃない。何度も何度も、陽一を責めた。

『夢のリゾート』なんていう旅行のパンフレットを見せたことだって、陽一にとってはプレッシャー以外の何物でもなかった。それなのに、陽一は精いっぱい、応えようとしてくれた。

ずっと陽ちゃんに気持ちをぶつけていた——。

私だ。

悪いのは、自分だと、みちは気づいた。

陽一がみちを抱きしめようとして手を止めて「風呂入って、今夜は、みちがベッドで寝な」と言ってくれたときだって、陽一は苦しんでいた。

陽ちゃんは、私から逃げたかったんだ……。

セックスってどっちかが苦痛を感じてまでするものじゃない。

自分だけがレスの被害者だと思ってた……。でも、陽ちゃんも被害者だ。


みちはマンションに帰ってきた。ドアノブに手をかけてゆっくり回すと、ドアが開いた。

いつも注意しているのに、鍵が開けっぱなしだ。陽一らしくて、みちは小さく笑った。そっと開けたドアの向こうに部屋の奥が見え、陽一の気配がした。反射的に、自分の顔からスッと笑みが消えていくのがわかった。

それ以上、一歩も進めなくなって、みちはそっとドアを閉めた。やっぱり、まだ顔を見ることはできそうもない。みちはそのまま踵《きびす》を返し、マンションを出た。

ベッドに入ってしばらくたっても、新名は眠れずにいた。

「……眠れないの？」楓が声をかけてくる。

「うん……大丈夫」

新名の横で、楓が起き上がる気配がした。そのまま目を閉じていると、楓の唇が新名の唇に触れた。一瞬、戸惑う。でも、楓の気持ちに新名も応えた。長いキスを終えて、ふたりは見つめ合った。

「……ありがとう」

新名は言った。何がありがとうだか、よくわからない。

「……ううん」

楓は再び新名の隣に横になった。

今夜もしないんだ……。

楓は天井を見つめた。


新名の心臓は高鳴っていた。それは楓とキスをしたからではない。

ダメだ……あの人とのキスを思い出した。

新名はそっと楓に背を向けると、ギュッと目を瞑《つむ》った。

みちは結局この日もビジネスホテルで一泊することにした。部屋に入った途端にどっと疲れが出て、ベッドに体を投げ出した。天井を見つめているうちに罪悪感に襲われ、深いため息が漏れる。

次第に心細くなって、みちは自分を抱きしめるように体を丸めた。

翌日、陽一はみちの会社にやってきた。オフィス街のビルに入っていき、長いエスカレーターに乗ってロビーに出ると、フタバ建設の社員らしきスーツ姿のビジネスマンたちが行き来している。ラフな格好の陽一は明らかに場違いだ。気後れしつつも受付に行き、みちを呼んでもらった。

みちが自席に戻ると、華が「先輩、先輩！」と、声をかけてきた。ただごとではない雰囲気だ。

「ん？」

「旦那さんが今ロビーに」

「え、待って待って。陽ちゃんが？」みちは耳を疑った。

「はい、下に来てるみたいです」華によると、受付から内線がかかってきたらしい。

「え……」

心の準備もないまま、顔を合わせたくはない。いったいどうしたらいいのだろう。みちは考え込んだ。


陽一がロビーで緊張しながら待っていると、若い女性が近づいてきた。

「あ、どーもー」

親しげに声をかけてくるその態度に、陽一は押され気味だ。

「あ、吉野先輩の後輩の北原です」

「あ、どうも、吉野の……吉野が……あの、お世話に」

みちの夫としてどういう言葉遣いをし、どういう態度を取ったらいいのかよくわからず、陽一はしどろもどろだ。

「先輩、今ちょっと席外してます」

ああ、じゃあ、と、陽一は帰ろうとした。

「ま、待ってください！　用件お伺いしますよ？」

華が慌てて引き留める。

「大丈夫です」

「でも、何か伝えたいこと」

「ないです」

本人に会ったってなんと言ったらいいのかわからないのだ。他人に伝えられるはずがない。陽一は下りのエスカレーターに乗った。

外回りから帰ってきた新名は、上りのエスカレーターに乗っていた。上から私服姿の伏し目がちな男性が下りてくるが、とくに気に留めることはなかった。みちを思う男二人は互いに目もくれず、すれ違っていった。

旦那さん、帰っちゃいました。華がみちに報告した。
「ありがとう……」みちは手を合わせた。
「行ってちょっと話してくればいいのに」
「ごめん……」
「子どものケンカですか」華に言われ、みちは自分が情けなくなる。
「ああ……何か言ってた?」

「何も。ちゃんと聞いたんですけどね、伝えておきたいことは何もないって」

「うん、そうだよね」

自分の気持ちを表現することが苦手な陽一だ。その場で機転の利いたことなど言えないだろうし、華に伝言を頼むわけがない。たとえみちが行ったとして、いったい何を言うつもりだったのだろう。

「はぁ、先輩もだけど、旦那さんもねー。どうしてこういうとき『帰って来い！』の一言が言えないかなー」

「それが陽ちゃんだから……。ずっと、なんにも言わないのが陽ちゃんだから……言えない人なんだよね……」

なのに、そんな陽ちゃんがここまで会いにくるなんて。

みちが陽一のことを考えていると、外回りに出ていた新名が戻ってきた。


楓は編集部で加奈たちと打ち合わせをしていた。

「ロケ地の候補なんですけど、しらなみ海浜公園とかみはま水族館とか、そのあたりを考えてます」

加奈が用意してきた水族館の資料に、目を落とした。その途端、家の車のカーナビに

「さざなみ水族館」という履歴があったことを思い出した。

退社後、新名はひとり、バーのカウンターでカクテルを飲んでいた。みちとふたりで来た店だ。

楓が待ってるから帰らなきゃ……。

心でそう思いつつも、新名はつい、酒をあおってしまう。

みちはマンションに帰ってきた。陽一はまだ帰ってきていない。部屋は散らかり放題だが、片づけをする気力はない。こんなところに置きっぱなしだと踏んでしまうと、床に落ちていたタブレットを拾い上げた。その拍子にタブレットが開き、画面が見えた。

流星群のことをいろいろと調べていたようだ。

「これ、研修旅行の日の……」

流星群の日付と時間は、陽一が迎えに来てくれようとしていたあの夜だった。

「結局、迎え行けなくてごめんな」陽一はみちに言った。

「いいよ、でも急に迎えなんてどうしたの？」

「いや……思いたっただけ」陽一がそう言っていたから、深くは追及しなかった。何より、研修旅行から帰宅したあの日、みちの心は新名への思いで占められていた。

「嘘……」まさか陽一がそんなことを考えていたなんて。みちはタブレットを手に呟《つぶや》いた。

一緒に見に行こうとしてくれてたの？

それなのに、そのとき、私は新名さんと……。


楓はリビングで時計を気にしていた。夕飯を作ったのに新名は帰ってこない。また連絡を入れようか迷っていると、玄関が開く音がした。同時にバタンと何かが倒れた物音が聞こえた。楓が驚いて玄関に向かうと、新名が倒れ込んでいた。どうやら酔いつぶれているようだ。

「誠？　どうしたの」楓は新名を起こそうとした。

「ごめん」かなり酒臭く、呂律《ろれつ》も怪しい。

「大丈夫？」

「……ごめん、楓」

苦しそうに謝り続ける新名を見て、楓はずっと気になっていたことを口にした。

「誠、浮気してるでしょ？」

尋ねると、新名は黙った。

「……どうして」

新名が言葉を発した。

「わかるよ。妻なんだから」

楓が言うと、新名はうつむき、黙っていた。その無言はつまり、浮気を認めたということだ。


リビングに移動すると、新名はソファに座り込んだ。楓は気持ちを落ち着かせ、コップに水を注ぎ持って行く。新名はそれを受け取り、水を飲んだ。

「でも、私のせいだよね。私がずっと拒んでいたから。誠だって男なんだから性処理の一回や二回……」

「……彼女とはそんなんじゃない」

朦朧《もうろう》としながらも、新名は反論した。「一方的に俺が、彼女に対して精神的な支えを求めてしまったんだ」

体の関係はない。そう聞いて、楓はかえってショックを受けた。

「でも楓を裏切ってしまったことには変わりない、だから」

「やめて！」楓は新名の言葉を遮った。「やめて……もう聞きたくない」

逃げるようにリビングを出て洗面所に駆け込み、ドアを閉めた。立っていられずそのまま崩れ落ち、暗い洗面所にうずくまって涙を流した。

わざわざ性処理なんて汚い言葉を使ったのに……体の関係はないってこと？　もし、体だけの関係なら許せたかもしれないのに……。


陽一が帰ってきた。リビングのソファに座るみちを見て驚きの表情を浮かべているが、何も言わない。みちも何を言ったらいいのかわからずに、ふたりはお互いの出方を探るように黙っていた。

「許さないでいいから、それでもここにいてほしい」

陽一が先に、口を開いた。ふだん感情をあらわにしない陽一が、まっすぐに思いを訴えた。みちは目を逸《そ》らし、立ち上がって玄関に向かう。陽一が慌てて後を追ってきたが、みちは黙って靴を履いた。

「みち……」

「荷物取ってくる」

「ああ……」

うなずいた陽一だったが、すぐにヘルメットを手に、みちを追ってきた。

陽一のバイクでビジネスホテルに行き、荷物を取ってきた。みちはバッグを乱暴に床に下ろした。陽一はカップラーメンを食べるために、やかんでお湯を沸かしている。

結局、新名さんとのこと話せなかった……私はやっぱり卑怯《ひきょう》者だ。

みちは黙って荷物を片づけはじめた。

その夜、みちは陽一が先に眠っているベッドの隣に横になった。陽一は起きているようだが、何も言わない。みちも眠れそうになかったが、目を閉じた。

許さないでいいからいてほしいと陽一は言ってくれた。正直なのは陽一のほうで、自分のほうが嘘つきだ。

でも今は、目の前の日常を積み重ねていくしかない。

空が明るくなってきた頃、楓はリビングに行き、ソファで酔いつぶれて寝ている新名のジャケットの内ポケットからスマホを抜き出した。一睡もできず泣き疲れた顔で、楓はスマホの画面に結婚記念日を入力してみた。でも開かない。二度目に楓の誕生日を入力すると、ロックが外れた。

LINEのトーク履歴などを探ってみたが、何もない。おそらくトーク画面を削除したのだろう。アルバムを開いてみると、水族館の写真に目が留まった。タップして見てみると、そこにひとりの女性が写っていた。

これは……。

楓は新名が家に忘れた弁当を会社に届けに行った日を思い出した。キッチンカーのそばにいた新名に声をかけると、会社の同僚の女性を紹介してくれた。一人は若い女性で、もう一人は楓と同世代の、ありふれた印象の女性だった。

「どうも……吉野です」と、楓に挨拶をしたときの様子が蘇ってくる。あのときの態度は、どこかおかしかった。新名も明らかに動揺していた。

そういうことだったのか。

楓は冷酷な目で、スマホの中のみちを見つめた。

出勤前に買い出しを済ませた陽一が店に通じる階段を上がってくると、結衣花が開店準備をしていた。その様子を、ひとりの女性がじっと見ている。

「三島結衣花さん?」

女性に声をかけられ、結衣花は無防備に顔を上げた。

「内容証明は受け取っていただけましたか？」

棘《とげ》のある声に、結衣花の顔から血の気が引いていく。

「岩井の妻です」

女性は、結衣花が交際していた岩井の妻の鞠子《まりこ》だった。その様子を見ていた陽一は店の前に立ち、結衣花に大丈夫か？と、視線を送った。結衣花は不安げに目を泳がせている。

「あの、よければ中で」陽一は鞠子に声をかけた。

「けっこうです」鞠子は突っぱねたが、

「いや店の前だとこっちが困るんで、どうぞ」と、陽一はまず自分が中に入った。


昼休み、みちは華とランチを食べにいくことにしてロビーに出てきた。歩きながら、とりあえず自宅に戻ったことを、華に報告する。

「じゃあ、いつもの枕でよく眠れましたね」

「……ご迷惑おかけしました。ランチ何か奢《おご》る」みちは言った。

「じゃあビュッフェ行きましょ、パリスホテルの」

「えー、高いじゃん、あそこ」

「あ、私、ドリンクサービス券持ってた！　取ってきますね、先行って席とっといてください！」

　華はオフィスに戻るため、エレベーターホールに向かった。みちがひとりで階下に下りるエスカレーターに向かうと、視線の先に女性が立っていた。小柄だがとても洗練された雰囲気の美しいその女性のことを見て、すぐにわかった。楓だ。楓はみちと視線が合うと、会釈をした。

「私とランチしません？　ご馳走《ちそう》します」楓は有無を言わせぬ口調で言った。

「え」

「夫と浮気してますよね？」

　挑戦的に問いかけられ、みちの心臓が激しく脈打った。喉がぐっと詰まり、声を出したくても、出てこなかった。

8

楓とみちは、近くのカフェに入った。こんなときでも、楓は洒落たカフェを選んでしまう。ランチを奢るとは言ったものの、もちろん楓もみちも食欲などなく、ハーブティーを注文した。しばらくすると店員がポットとカップを持ってきた。そして、砂が落ち切ったら注いでくださいと、砂時計を置いていった。

みちはテーブルの砂時計の砂が、さらさらと落ちていくのを見つめていた。楓はみちを強い視線で見つめながら、とりあえず心を落ち着けた。二人の間に重い沈黙が流れる。すべての砂が落ち切ったので、ポットの柄を持ち、ゆっくりとハーブティーをカップに注ぐ。

「急に会社まで伺ってすみません」

楓はポットを置き、みちを見た。

「い……いえ……」

みちは身を縮め、極度の緊張に押しつぶされそうになっている。膝の上に置いた手は震えていた。その様子を見た楓は、どうしてこんなおとなしそうな人が、と、感じていた。

「改めてお伺いします。夫の浮気のお相手はあなたですよね？」

楓はまっすぐにみちを見据えた。

「……は……はい」

「もう一つお伺いしたいです。今でも夫と会ってますよね？」

「いえ。もう仕事以外では」

「嘘つかないで」

「本当です」

「そんなの信じられない」

「……そうですよね。信じられないですよね」

みちは目を伏せた。

「……本当に……申し訳ありません」

頭を下げるみちを見て、よけいに不快な気持ちになる。

「わからない。どうしてあなたと」

「……すみません」

「謝って済む問題じゃないのよ！」

楓が感情を露わにすると、みちはビクリと体を硬直させた。楓は大きく息をつくと、昂《たかぶ》る感情をなんとか抑えこみ「……きっかけは？　どっちから誘ったんですか？」と、尋ねた。

「……私が……新名さんに相談を」みちはおそるおそる、切り出した。

「相談？　いったいなんの？」

「……主人とのことで悩んでいて」

「あなた結婚してるの？」

楓は眉間にしわを刻み、みちをまじまじと見つめる。

「夫も馬鹿よね。なんの悩みか知らないけど同情なんかして」

はあ、とため息をつき、またみちに視線を戻す。

「人の家庭を滅茶苦茶にしてよく平気でいられるわね」

楓の言葉に反論できずに、みちはうつむく。

「あなたさえいなければうちはなんの問題もなくうまくいってたのに」

ため息交じりに言うと、みちが膝に置いた手をギュッと握った。

「相談とか言って本当は夫に近づく口実だったんじゃないの？」

「……新名さんに相談したのは」

みちは顔を上げて楓を見た。

「とても個人的なことですが……私と夫が……」

楓は、その続きの言葉を待ったが、みちはしばらく迷っていた。

「セックスレスだったんです」

みちはようやく口を開いた。〝セックスレス〟という言葉に、楓はドキリとした。

「……それで新名さんに話を聞いてもらっていて」

ふたりの間に何度目かの沈黙が流れた。

「……何よ、それ。自分の旦那に応えてもらえないから不倫したってこと？　まるで動物じゃない！」楓は吐き捨てるように言った。「……たかがレスごときで」

その言葉に、みちは顔を上げて楓を見つめた。その瞳には、さっきまでの怯えたみちとは違う意思が宿っている。

「何よ？」

楓もみちを強い視線で見返した。

「たかが……なんかじゃないです！」みちははっきりとした声で言った。

「体の関係がないことだけがつらいんじゃないんです。断られると、自分に魅力がなくなったのかなって、どんどん自信がなくなって。それでも毎晩ベッドに入ってドキドキして待つんです。でも寝息が聞こえてくるだけ……。それが毎日毎日、何カ月も続くと、ご飯が美味しくないんです。友だちの幸せを心から喜べなくなって、自分はなんのためにいるんだろうって」

みちの言葉を聞きながら、楓は動揺していた。自分が責められているような気がした。みちの言葉はまるで、新名の訴えのようだった。「俺は楓の仕事のためだけにいるの？」と言われたことを思い出した。

「一生それが続くのかって思うと未来が見えなくて……息ができなくなるんです」

みちはさらに続けた。その言葉もやはり、新名の気持ちを代弁しているかのようだった。

結婚記念日、楓は仕事が忙しいからとレストランの予約をキャンセルし、ホテルで新名を拒んだ。新名は切ない表情で「今日だけでも……頑張ることはできない？」と訴えてきた。楓はあのとき、気が済むならどうぞと、やけになったように服を脱いだ。あの態度がどれだけ新名を傷つけただろう。

「……本当はもう気づいているのかもしれません。取り戻したかったあの頃には戻れないって」

目の前で話し続けるみちの言葉に、楓は心がえぐられるような思いだった。

新名の心が離れたのを感じてから、楓はようやく大事なことに気づいた。でももう遅かった。必死でやり直そうとした楓は、自分のことはもう好きじゃないのかと新名に尋ねた。新名はいつも自分のことを好きでいてくれるという自信があった。でも新名の答えは「……わからない」だった。

目の前にいるみちは、話し続けていた。

「だから拒否される側にとってはたかがじゃないんです……心も体も」

みちの言うように、新名にとっても〝たかがセックス〟ではなかったのだろう。でもあの頃の楓は、いつも仕事モードだった。遅い時間に帰宅した楓に、新名は「大丈夫？」と尋ね、肩に触れようとした。でも楓はさっと避けた。気を使う新名が鬱陶しくて、寝てていいのに、起きてなくていいから、と、きつい口調で言った。作ってくれた夕飯もいらないと拒否し、淹れてくれようとしたハーブティーもいらないとはねつけた。

目の前のハーブティーのカップを見つめ、楓は自分がしてきた酷い態度と、新名のせつない表情の数々を思い出していた。あの頃は新名の愛情や気遣いが重かった。

「愛されたかったんです」

みちは言った。その声に「愛されたかったんだ」という新名の声が重なったように聞こえた。

「やめて」

楓はみちの言葉を遮った。耳をふさぎたかった。「……あなたにうちの何がわかるのよ」

「……すみません」

謝ったものの、みちはうつむくことなく、楓をじっと見つめていた。楓はみちの視線に耐えられなかった。でもここで先に目を逸らすわけにはいかない。

「……レスがつらいからって不倫して許されるわけじゃないでしょ」

楓は言い「不快だわ！」と、捨て台詞を残し、伝票を手に立ち上がった。


店を出て早足で歩きながら、楓は必死で冷静さを取り戻そうとしていた。けれど鼓動は早まるばかりだ。動揺はちっとも収まらない。

私……こんなに弱かったの？

楓は震える手をギュッと握った。


みちは座ったまま、動けずにいた。

私こんなに強かったっけ……。

みちは自分の手を見つめた。手の震えはいつのまにか止まっていた。
その頃、新名は自席でスマホを打っていた。
《先日はありがとうございました。ご提示頂いた条件で前向きに検討したいと思っております。先方とのアポイントをご調整頂けますでしょうか》
と、文章を打ち、先日会ったスカウトエージェンシー『株式会社Ａ Ｎｅｗ Ｃｏｍｐａｎｙ』の滝澤宛てに、送信した。

※

はりつめた空気の中、陽一は店のカウンター内で二人分のアイスコーヒーを作っていた。テーブル席で向かい合った結衣花と、突然店に現れた結衣花のかつての不倫相手の妻である鞠子の気配を気にしていたけれど、ずっと無言だ。

「……どうぞ」

陽一がテーブルにグラスを置くと、結衣花はかすかに頭を下げた。鞠子は鷹揚《おうよう》な態度でストローをさし、グラスの中の氷をゆっくりかき混ぜた。静かな店内に、氷の音が響いていた。

　陽一はカウンターの中から結衣花たちの様子を気にしていた。二人は黙り込んだままだ。でも、そろそろ開店時間が迫っている。

「……あの……」

　痺れを切らした陽一が、遠慮しつつも声をかけようとしたとき、結衣花が口を開いた。

「……三年前のことは……本当に申し訳ありませんでした」

　結衣花が頭を下げた。鞠子は黙って結衣花を見ている。

「でも、あれから一度も会ってません。一方的に連絡が来ただけで。本当です」

「……そんなのどうでもいい」

　鞠子はようやく口を開いた。

「接触したのが許せなかったんです」

　声が震えていた。カウンター内で聞いていた陽一にさえ、鞠子の深い悲しみが伝わってきた。

「この三年間、空を見てきれいだと思ったことありますか?」

「え」結衣花は言葉に詰まった。

「おなかが痛くなるくらい笑ったり、声を荒げるほど腹を立てたことは？」

問いかけられた結衣花は黙っていた。

「セックスはしました？」

その言葉に、陽一は顔を隠すようにうつむいた。

「私は一度もないです。心から笑ったことも、怒ったことも……夫に触れたことも」

鞠子は結衣花をまっすぐ見据えた。

「私の心は三年前に死にました」

その言葉に、陽一の頭の中にみちの泣き顔がよぎった。

「二度死ぬのは耐えられません」

店内は、時が止まったように静まり返っていた。製氷機からガタンと氷が落ち、その音がやけに大きく響き渡る。氷の塊が、店内をさらに凍てつかせているかのようだった。

鞠子はじっと結衣花を見つめている。結衣花は身を固くしていた。陽一も、その場から動けなかった。

「……あ、あの……私……」

結衣花が喉の奥から言葉を押し出そうとすると、鞠子はすっと立ち上がった。

「私を殺した女の顔」

と、結衣花の顔を改めて見つめる。

「一目見れてよかったです。ごちそうさまでした」

鞠子は財布から千円札を取り出し、テーブルに置いて出ていった。

※

昼休憩から戻ったみちは、ほとんど抜け殻のようになっていた。一日分、いや、数日分のエネルギーを使ってしまった。

「先輩お疲れ様でした」華がみちの机に、おにぎりを置いた。

「え？」

「戦の後はお腹減りますからね」華はみちの顔をまじまじと見ている。「でも案外大丈夫そうですね。もっとボコボコにされてくるかと思いました」

「……ありがとう」

みちはおにぎりをしまい、書類を手にコピー機のほうに向かった。

私だってボコボコにされる覚悟だった。夫に裏切られた妻の気持ちは痛いほどわかっている。なのに、なんであんなこと言っちゃったんだろう……。

コピーを取りながら、さっきの自分の態度に後悔が押し寄せてくる。

「あ、すいません」

背後で社員同士がぶつかる気配と、新名の声がした。振り返ると、新名が自席に戻ろうとしていた。書類を手にしているところを見ると、コピーを取ろうとしていたのだろう。でもきっと、みちがいたので踵を返したのだ。

「……使いますか？」みちは声をかけた。

「あ……はい。いいですか？」

「どうぞどうぞ」みちは書類を手にして、場所を譲った。

「すいません」新名は遠慮がちにコピーをしている。みちは書類を整えながら新名を見つめた。

言わずにはいられなかった……戦友だから。

みちの視線に気づいたのか、新名が振り返った。みちは頭を下げ、席に戻った。

新名さんの心の傷は、私の心の傷だ。


編集部に戻った楓は、いつものように仕事を始めたが、心がどんよりと重い。それでもどうにか作業を続けていると、編集長の川上《かわかみ》圭子《けいこ》が来て、楓のデスクに企画書を置いた。

「横井《よこい》さんが企画出してきた」

「え？」

見ると企画書には『横井加奈《かな》』と名前が入っている。

「この間、楓言ってたでしょ？　自分の企画出せるようになるまでやってみたらって」

「ああ……」

ほかの部署に異動したいと言ってきた加奈にそんなことを言った気がする。でももう、遠い昔の出来事のようだ。

「納得してない顔してたけど、ちゃんと響いてたみたいね」圭子は満足そうに続けた。

「けっこう面白かったよ。人気女流作家のコラム企画。ほら、『愛のカタチ』って不倫小説書いた」

「不倫小説……」

「そう。妻と愛人の戦いがすごいリアルなんだよね」

自分もまさにさっき、戦ってきたばかりだ。楓はなんとも言えない気持ちになる。

「女ってなんで浮気されると相手の女に怒りが向くのかね」

「え？」

「旦那とやり直すつもりなら女より旦那と向き合うべきでしょ？　ま、私は速攻別れたけど」

圭子の指摘はまさにその通りだ。そう思ったが、楓は黙っていた。

「楓も目通しといて」

「はい」

とりあえず受けとってみたものの、今読みたいテーマではなかった。

とんでもない始まりだったが、とりあえず一日の営業が終わった。陽一がカウンターで閉店作業を始めると、結衣花はドアの外に『ｃｌｏｓｅ』の看板を引っかけ、店に戻った。何か言いたそうに陽一を見ている。

「……あの」

声をかけられ、陽一は顔を上げた。

「今日はすみませんでした」

「……いや」

「……私どっかでずっと言い訳してたんです。不倫したのは男のせいとか、不倫のループから抜け出せないせいとか」

結衣花が話すのを、陽一は黙って聞いている。

「だから、幸せになれない自分を可哀想とか思っちゃってたりして……馬鹿ですよね」

自虐的に笑う結衣花を見ると、陽一も申し訳ない気持ちになる。

「……店長の奥さんにも訴えられちゃうかも」

「みちはそういう女じゃないから」

とても自分本位でズルい考え方かもしれない。結衣花のこともさらに傷つけてしまうかもしれない。でも陽一はそう思っている。

「……夫婦ってなんなんですかね」

不意に問いかけられ、陽一は「え?」と、結衣花を見た。

「つきあってたとき、あの人に言われたんです。妻はなんでも許してくれる女だって」

それはつまり、まさに今の陽一と同じ考え方だ。

「たぶん今も知らないんでしょうね。奥さんがどんな思いでいるのか」

見知らぬ結衣花の元恋人と、自分も同じ穴の狢《むじな》なのかもしれない。

「……私も今日まで知りませんでしたから。……自分のせいで心が死んだなんて」

陽一も、もしかしたらとんでもない勘違いをしているのかもしれない。そう感じた。

楓が帰宅して玄関を開けると、リビングに明かりがついていた。一瞬、戸惑ったけれど、靴を脱いで廊下を進んでいく。ドアノブを手に持ち、一度深呼吸をしてからリビングに入っていった。

「……ただいま」

「……おかえり」新名は生春巻きを盛り付けていた。

「……誠」楓は新名を見た。

「先、風呂入るね」

「え」

テーブルの上には、楓の分の料理だけが並べてある。

「誠は？」

「後で食べるよ」

「どうして？」

「……俺の顔見たくないでしょ？」

新名の問いかけに、楓は答えられない。

「食べたくなかったら無理しないでいいから」新名は楓に背を向けた。

「顔見たくないのは誠のほうでしょ？」その背中に、声をかける。

「え？」

「……彼女との関係は続いてるの？」

「……もう終わったよ」

新名は言った。新名とみちがもう会っていないということは、今日の午前中、みちからも聞いていた。でも楓にはもうひとつ、確かめておきたいことがあった。

「気持ちも？」

その質問に、新名は黙った。

「……まだ好きなの？」

「……本当にもう終わったんだ」

新名は廊下に出ていった。

好きじゃないって……どうして言ってくれないの？

聞きたいのは、そのひとことなのに……。

楓はリビングで立ち尽くしていた。

みちが夕食の支度をしていると、陽一が帰ってきた。

「ただいま」

「おかえり」

陽一は提げていたコンビニの袋の中の缶ビールを取り出し、今から飲む一本以外を冷蔵庫にしまいはじめた。

「ごめん。切れてたっけ」

「これも入れとく」陽一は袋からプリンを出して、しまった。

「ありがとう」

「うん」陽一はグラスを一つ取り、ソファに向かった。

「あ、マンションの更新そろそろだって」みちは、ふと思い出したことを口にしてみた。

「また更新でいいんじゃない？」

「じゃあ書いて送っとくね」

つまり、これからも今までと変わらず、二人で暮らしていくということだ。

「ご飯何？」

「かた焼きそば」

「いいね」

会話が終わり、みちは陽一に背を向けて料理を再開した。いつもの夫婦のやりとりだ。

昼間、あんなことがあったのに何事もなかったようにご飯を作ってる。自分が気持ち悪い……。

みちは、フライパンを振りながら自己嫌悪に陥っていた。

陽一は持ってきたグラスにみちの分のビールを注ぎ、自分は缶のまま飲んだ。

「みちも飲むでしょ」と、料理中のみちの背中に問いかける。

「ごめん。私いいや。今日は休肝日」

「……そっか」

やっぱみちは俺のこと許せないよな――。

陽一はみちのために注いだビールを、自分で飲んだ。

※

翌日、陽一が店で客の注文を用意していると、カウンターでコーヒーを飲んでいた高坂が大きなため息をついた。

「不景気なおまえのツラ見ながらコーヒー飲んでもな」と、つまらなそうに言う。

「いつも見てんじゃないっすか」

無表情だとかテンションが低いという評価はもう聞き飽きた。

「結衣花ちゃんどうしたよ？」

高坂が言うように、今日、結衣花は出勤していない。

「しばらく休みっていつまでだ？」

「……さぁ」

陽一は首をひねった。

「また客減っちまうじゃねぇか」

ぶつぶつ言っている高坂に、陽一は何も言えなかった。


結衣花は何年かぶりに引っ張りだしたスーツを着て、弁護士事務所に来ていた。机の上に置いた内容証明の書類をはさんで、弁護士と向かい合う。

「いいんですか？　弁護士付けなくて。慰謝料の減額交渉もできますけど」

弁護士が尋ねてくる。

「いいんです。全額支払います」

今日は覚悟を決めて、ここに来た。きちんと向き合い、誠意を示すことで、自分も前に進みたい。

仕事をしている華の席に、部長がやってきた。

「最後に数字確認してって毎回言ってるよね。今日中にこれ全部直しといてよ」

部長が華に注意しているのが、隣の席のみちにも当然聞こえてくる。

「……はい。すみませんでした」

華が謝るのを確認して、部長は自席に戻っていった。

「はぁ。残業だな、コレ」

華はがっくりと肩を落とし「今日の合コン期待できたんだけどな」と、ため息をつきながら、訴えるような視線をみちに送る。みちは顔を上げ、華を見返した。

「……はい。自分でやります」華はすぐに目を逸らしたが、

「……ホーマーの特選ランチなら」と、みちは呟いた。

「え?」華は驚いて顔を上げた。


昼休み、みちと華はホーマーに行った。みちが注文したのは、もちろん豪華なビーフステーキだ。

「こんな豪華なランチと引き換えなら残業もいいかも」

みちがステーキをもりもりと食べている隣で、華はサラダを食べている。

「なんか家に帰りたくない理由でもあるんですか？」

「え？」思わず、ステーキを口に運ぶ手が止まる。

「新名さんのことで旦那さんに後ろめたいとか？」

「……私の心透けてる？」

「私、透視能力あるのかも」

「……やっぱり隠したままなんてずるいよね」

「何言ってるんですか。本当のこと言ったって旦那さんを傷つけるだけですよ」

華は強い視線でみちを見て言う。

「……でも」

「苦しいのはわかりますけど、それが浮気した罰《ばつ》ですから」

罰。その言葉が重く心に響く。

「旦那さんとやっていくって決めたなら一生背負っていくんです。ひとくちもらいまーす」

華はフォークを伸ばし、みちの皿から大きい肉を取った。あ、と思ったけれど、そもそも食欲自体が失せていた。

私はこの先、一生陽ちゃんに嘘をつき続けるんだ。


外回りの帰り、新名は田中と歩いていた。

「構造資料はプリントアウトしてきたよな？」

「あ……」

「立進設計《りっしんせっけい》はデータじゃなくて紙で渡すっていつも言ってるだろ」

新名はあえて厳しい口調で言った。

「……すいません」

「いつまでも俺が一緒について回れるわけじゃないんだからな」

「そんな寂しいこと言わないでくださいよ」

田中に言われ、新名は軽口を返せない。

「え？　まさか会社辞めないっすよね？」

田中が目を丸くして、新名を見ている。

「い、いや……」

「もうビックリした〜。辞めるならちゃんと教えてくださいよ？　突然いなくなるのは反則ですからね」

「……反則か」

新名は田中に聞こえぬよう、ぽつりと呟いた。


打ち合わせを終え、楓は編集部に戻ってきた。

「九時からの表紙デザインの打ち合わせ、またリモートにしますか？」

一緒に会議に出ていた編集部員が尋ねてくる。

「うん。お願い」

ここ最近、なるべく定時で帰ることにしている。でも楓はハッとして「あ、ごめん。やっぱりリモートじゃなくていい」と、訂正した。

「わかりました」

編集部員はうなずいて自席に戻っていく。

今は誠と顔を合わせるのが怖い。

今日は、久々に編集部に残って仕事に集中することにした。

会社に残り、みちは華のかわりにデータを直していた。計算をし直し、丁寧《ていねい》に時間をかけて数字を確認し、資料は完成した。

「……終わっちゃった」

時計を見ると二十一時過ぎだ。スマホを取り出し、陽一とのトーク画面を開いた。

《ごめんまだかかりそう。冷凍庫にチャーハンあるから食べて》

そして自分は、さっきコンビニで買ってきた冷やしたぬきうどんを袋から取り出して、食べ始めた。

一つ嘘をつくとどんどん嘘が増えるって本当だな。

みちは誰もいないオフィスでうどんをすすった。


みちは残業のようだ。でも、もしかしたら顔を合わせたくないのかもしれない。そんなことを思いながら帰宅した陽一は、コンビニの袋から弁当を取り出した。弁当と一緒に、みちが好きな冷やしたぬきうどんを買ってきた。うどんを冷蔵庫にしまい、陽一は弁当を食べ始めた。

新名は自宅のリビングで転職先の資料を見ていた。時計を見ると二十二時を過ぎている。ここ最近、楓は早めに帰宅し、夕飯の支度をしていた。でも今日は久々の残業だ。新名の顔を見たくないのだろう。新名自身も、楓が帰宅しないことにどこかホッとしていた。

打ち合わせを終えて帰り支度をしていた楓のもとに、加奈が血相を変えて飛び込んできた。

「楓さん、ちょっと問題が」

「どうしたの?」

「エルズの商品の値段、全部変更してほしいって」

「え?」楓は耳を疑った。

「向こうのミスみたいなんですけど」

「すぐに各方面に連絡して。エルズの掲載商品、手分けしてピックアップしよう」

「はい」

加奈がうなずき、訂正する資料を楓に見せた。楓は荷物を置いて着席し、すぐに原稿の修正に取りかかった。

日付が変わってからも、修正作業は続いていた。

「こっちはもうすぐ終わりそう。横井さんは?」楓は顔を上げ、加奈に声をかけた。

「私ももう終わります」

「じゃあまとめるからできたらデータ送って」

すでに時計の針は深夜二時過ぎを指していた。

ようやく修正を終え、圭子に確認してもらうことになった。圭子が原稿をチェックするのを、楓たち編集部員は緊張気味に見ていた。

「うん。OK。みんなお疲れ様」

圭子がみんなの顔を見回す。

よかった〜、と、編集部員たちは歓喜の声を上げた。

「お疲れ様です！」

楓も晴れ晴れとした顔でみんなとねぎらい合った。


タクシーを停めるため、大通りに出た。けれど、空車はまったく通らない。ため息をつきながら顔を上げると、東の空が少しずつ明るくなっていく。

この時間が嫌いじゃない。

楓は息を吸い込み、朝の空気を味わった。ようやく空車が来たけれど、やり過ごして歩き始める。

仕事があってよかった。

心の奥底で実感しながら、楓は人もまばらな夜明けの道を軽やかに歩いていった。

※

翌日、陽一が開店準備をしていると、結衣花が現れた。

「……どうしたの？」

「お店休んですみませんでした」頭を下げる結衣花は、初めて見るスーツ姿だ。

「いや、それは……」

「……もう一つすみません」

結衣花は顔を上げて、まっすぐに陽一を見た。

「お店辞めさせてください」

「え……」

陽一にとって、その展開は予想外だった。

「そろそろちゃんと定職に就かなきゃなとは思ってたんです……だからいい機会かなっ

て」

「いい機会？」

「……一日でも早く店長から離れたいです」

そう言われてしまうと、引き留めるわけにもいかない。

「また私のせいで誰かの心が死ぬのは嫌なんで」

結衣花のせいではなく、みちが苦しんでいるのは陽一のせいだ。だけどそんなことを言っても仕方がないだろう。結衣花はもう自分で答えを出し、前を向いている。

「勝手言ってすみません」

「……オーナーには俺から話しとくよ」

「ありがとうございます」

結衣花は、訣別《けつべつ》の表情を浮かべていた。

「ちょっと待ってて」

陽一は結衣花を引き留め、カウンター席に座るよう手で示した。そして豆を挽《ひ》き始め、丁寧にコーヒーを淹れた。陽一も、結衣花も無言だった。

「……どうぞ」結衣花の前に、カップを置く。

「……ありがとうございます」

初めて出会ったときのように、結衣花はしばらくカップを見つめた。そしてゆっくりと味わうように、飲みはじめた。陽一はその様子を黙って眺めていた。

「……ごめんなさい」

陽一の口から、自然と謝罪の言葉がこぼれた。陽一のせいで、結衣花を必要以上に苦しめてしまった

「ごちそうさまでした」

飲み終えたカップをテーブルに置いて、結衣花は立ち上がった。

「……店長」

結衣花は、かしこまった感じで口を開いた。

「奥さん大事にしてくださいね」

そう言うと、結衣花は出会った夜にそうしたように、敬礼ポーズをした。表情は読めない。でも、ここのところずっと浮かべていた硬い表情が、すこしだけやわらかくなっている。陽一も口角を上げ、笑みを返した。結衣花は改めてしっかり頭を下げると、店を出ていった。

昼休みがもうすぐ終わる。華とみちは、急ぎ足で会社に戻っていた。

「もうこんな時間」

みちはスマホを見て言った。

「あの店出てくるの遅すぎですよー」

華と並んでバタバタとビルに入っていこうとすると、少し離れた場所で、ひとりの女性が建物を見上げていた。

「あ」

みちは気づいた。陽一の店で働いていた結衣花だ。みちは会釈をした。結衣花もハッと気づいて、頭を下げる。

「先輩。遅れますよ」

「あ、うん」

みちは華と一緒にエスカレーターに乗った。結衣花がみちの背中を見つめて、深々と頭を下げていることなど知らず、みちはエスカレーターで上がっていった。

楓が会議室でコーディネートチェックをしていると、圭子が顔を出した。

「調子出てるねえ」

「あ、お疲れ様です」

「なんか楓、スッキリした顔してる」

圭子が言うように、楓自身、久々に仕事の楽しさを感じていた。

「……私気づいたんです」

「え？」

「仕事で失うものばかり考えてましたけど、救われてることのほうが多いって」

ここのところ、仕事のせいで、と考えてばかりだった。でも違う。楓は仕事のおかげで救われていたのだ。

「そう」

圭子は笑みを浮かべ、小刻みにうなずいている。

「だから編集長の件、よろしくお願いします」

楓は言った。気持ちはすっかり吹っ切れていた。

「わかった。上に話しとく」

「ありがとうございます！」

晴れ晴れとした気持ちで言い、会議室を出て自席に戻る。デスクに置いてあったスマホを手にして、すこし考えてから新名にメッセージを送った。

《帰り何時頃になる？　話があるの》

しばらくすると、返信があった。

《九時には帰れると思うよ。俺も話がある》

夕方、陽一はカウンターで作業をしていた。

「なんで結衣花ちゃん、俺に何も言わずに辞めちゃうかな」

高坂はぶつぶつ言いながら、新規のアルバイト募集の張り紙を貼っている。

「言ってましたよ。お世話になりましたって」

「いい女はいつもサヨナラを言わずにいなくなるんだよ」

格好つけて言いながら、高坂は入り口そばの壁に飾ってある桜のパズルを見た。

「そういやここのピースもう見つかんねぇのか?」

「え?」陽一は顔を上げた。満開の桜の木のパズルは、ピンク色の一片がなくなっている。「……ああ。前の家でなくしたんで」

このパズルを作っていたのは、みちと暮らし始めた最初の家だ。引っ越してすぐ、電球をつけるためにみちを肩車した。みちの脚をくすぐったりとふざけていて、うっかり床に置いた完成間近のパズルを踏んでしまった。バラバラになったパズルはそのままにして、ベッドにみちを押し倒してセックスした。パズルのピースがなくなったことなど気にならなかった。

「欠けたもん置いてるとよくないらしいぞ」高坂が言う。

「なんすか、それ?」

「最近カミさんが胡散臭《うさんくせ》ぇ占いにハマっててよ」

「胡散臭いのに信じるんですか?」

「欠けたもん置いてると大事なもんなくすんだってよ」

普段の陽一なら占いや迷信などは信じない。でもなぜかこのときは、高坂の言葉が心に引っかかった。


終業時間になった。

「お疲れ様です」と、社員たちが帰っていき、フロアにはだんだんと人が少なくなっていった。

「……お疲れ様です」みちは書類をホッチキスでとめていた。とくに今やらなくてもいい仕事だけれど、なるべく家に帰る時間を遅くしたかった。

いつもは嬉しいノー残業デーが、今日は恨めしい。

「華ちゃん。今日ご飯行かない?」

みちは隣で帰り支度をしている華に声をかけてみた。

「すいません。合コンで知り合った彼とデートなんで」

よく見ると、今日の華のメイクや服装は、たしかに気合いが入っている。

「……行ってらっしゃーい」みちはため息交じりに言った。

「いいかげん腹くくったらどうです？　これから毎日残業する気ですか？」

呆れ顔の華に、みちは何も言い返せない。

「ホッチキスいくらあっても足りないですよ？」

お疲れ様です、と、華は帰っていった。

華ちゃんの言う通りだ。このまま陽ちゃんを避け続けるなんて無理なんだし……。

そう思いながらも、みちはだらだらとホッチキスでとめていた。やがて誰もいなくなり、窓の外も暗くなってきた。ついに、ホッチキスでとじる資料もなくなってしまった。

「……帰るか」

仕方なく帰る支度を始めると、慌てた様子の新名が戻ってきた。

「新名さん？」

「ああ。お疲れ様」

「どうしたんですか？」意識せず、自然に尋ねることができた。

「ちょっと立進設計の資料がトラブっちゃって。今から作り直し」

新名も普通の調子で答えた。

「新名さん一人で？」

「うん。田中には設計部のほうでの対応してもらってるから」

だったら……。

みちは手伝いますと申し出た。


新名は書類作りを始めた。みちは近くの席でパソコンを開き、新名の指示に従いながら、プリントアウトなどを手伝っていた。

「ごめんんね。ノー残業デーなのに」

「いえ。気にしないでください」

「……旦那さん大丈夫？」

「……はい……これは仕事ですから」

みちは淡々と仕事をした。

思えばふたりきりで残業をした晩をきっかけに、ふたりの関係は始まった。甘い記憶が一瞬蘇ったけれど、すべてはもう終わったことだ。

帰宅した陽一は、冷蔵庫から缶ビールを取り出してソファに座った。店の帰りに寄った文具店の袋から、厚紙を取り出す。そしてポケットを探って、中に入っていたメモ用紙を広げた。店で欠けたパズルの形を写してきたのだ。


新名はプリントアウトした書類を確認すると言った。

「あとは俺一人で大丈夫だから」

「わかりました」

「本当に助かった。ありがとう」

「いえ。じゃあ私はこれで」

みちはパソコンを閉じ、帰り支度を始めた。

「……吉野さん」

「はい」

顔を上げると、視線が合った。でも新名は口を開くかどうか、戸惑っている様子だ。

みちは言葉を促すように、首をかしげた。

「……まだ正式に決まったわけじゃないんだけど」新名は言いかけ、まだ迷っているのか、間を置いた。そして続けた。「会社……辞めようと思ってるんだ」

「え……」みちは言葉を失った。

「いい条件で声掛けてくれたところがあって」

「……そうなんですね」まだ、頭の整理が追いつかない。

「……吉野さんにはちゃんと自分から話したかったから」

誰かから聞くよりも、新名が自分で話してくれたことには感謝している。こうしてふたりで話せる夜があってよかったと思う。だけど、聞きたくなかったという気持ちが大きい。

「……いつ、ですか?」

「まだ決まってないけど……向こうはできるだけ早く来てくれって」

「……そうですか」

何か言わなくては。そう思っても、言葉がうまく出てこない。それは新名も同じようで、沈黙が流れた。

どうすることもできずにいると、新名がためらいながら、みちのほうに右手を差し出した。

「これからも……お互い頑張ろう」

目の前にある新名の手を、みちはじっと見つめた。

「……はい」

そして、その手を握った。エレベーター内でそっと触れ合ったり、ガラス越しに重ね合った新名の手。あの頃と同じぬくもりを感じる。

もう新名さんに会えなくなるんだ……。

みちは、新名の手を離せなかった。新名もそのまま、みちの手を握っている。

陽ちゃんに後ろめたかったのは、嘘をついてるからだけじゃない。

私はまだ……。

自分の気持ちがはっきりとわかった瞬間、新名が手を離した。

「今日は本当にありがとう。お疲れ様」

新名は自分のデスクに戻っていった。

「……お疲れ様でした」

立ち去りたくない気持ちを押し殺し、みちはバッグを手にオフィスを出た。

何度自分に言い聞かせても忘れることなんてできない……俺はまだ。

みちの華奢《きゃしゃ》な背中を見送りながら、新名は湧き上がる自分の気持ちを抑えていた。握った手を離したのは自分なのに、訣別したつもりだったのに、かえってみちへの強い思いを確信することになってしまった。

楓は早めに帰宅し、リビングで新名の帰宅を待っていた。何度もスマホの画面をたしかめているけれど、連絡はない。

パソコンを立ち上げて仕事をしながら待つことにした。それでもふと気になって、スマホをチェックしてしまう。やはり連絡はない。

楓はＬＩＮＥのトーク画面を開き、メッセージを打ち込んだ。

《今どこ？　誰といるの？》

けれど手を止め、文章を削除した。

陽一は厚紙をパズルのピースと同じ形に切り取った。切り抜いた厚紙を、満足げに見つめる。あとはピンク色に塗るだけだ。

「色鉛筆……」

たしかこの辺に、と、リビングの棚を開けて色鉛筆を探すが見当たらない。寝室に行って、棚のひきだしをごそごそと探っていると、奥に色鉛筆が入っていた。

「あった」

引っ張り出した拍子に、一緒に箱が出てきた。

あ、と思ったときには床に落ち、中身が飛び出してガシャンと割れる音がした。見ると、それは砂時計だった。


下りのエスカレーターでエントランスに向かいながら、みちは右手を見つめていた。ついさっき、新名に触れた手。でもきっと、もう二度と触れることはない。

私たちはもう別々の道を歩き始めたんだ。

みちは首から提げていた社員証をはずして、バッグにしまった。と、陽一からもらったキーケースが目に入った。

うちに帰ろう。

みちはエスカレーターを降りて、歩き出した。


「ただいま」

リビングに入っていくと、陽一はソファに座っていた。

「……おかえり。遅かったね」

「うん。急なトラブルがあって」みちは、陽一が何か小さなものをつまんでいることに気づいた。「何それ？」

「……ごめん」陽一はなぜか謝った。

「え？」

「これ塗るのに色鉛筆取ろうとしたら……」

陽一は割れた砂時計を手に取った。みちは一瞬、硬直した。

「本当にごめん。大事なやつだよね？」

「……ううん。いいよ」

みちは首を振った。

「ちょうど捨てようと思ってたから」

割れてしまった砂時計。まさに今の新名と自分の関係を暗示している。

「え」

「それより怪我しなかった？」

「あ、うん」

陽一が手にしている割れた砂時計を受け取り、みちは手早くゴミにまとめ始めた。

「ガラスは……金曜日か」

呟くみちの背中を、陽一は不安げに見つめるしかなかった。

新名が帰宅したのは、だいぶ遅い時間になっていた。楓はリビングで仕事をしながら待っていたようだ。

「ごめん、遅くなって」

「ううん」

「楓の話って何？」

「……誠から先に話して」

「あ、うん」新名はカバンから転職の資料を取り出して、楓に見せた。「この会社からスカウトされて転職しようと思ってるんだ」

「転職？」

「もっと早く楓に相談しようと思ったんだけど……なかなか話す時間なくて」

新名が言うと、楓は複雑な表情を浮かべた。ここのところ話せなかったのは、楓が新名のことを避けていたからで、その原因は自分にある。

「楓は反対？」黙って資料を見ている楓に、声をかけた。

「そんなことないけど……。どうして急に？」

「だからスカウトされて」

「それだけ？」

「え？」

「……本当はあの子のこと忘れるためなんじゃないの？」

楓は新名の答えを待っていた。でも新名は何も言えなかった。忘れるためじゃないと答えれば、嘘になる。

「いいの。私も別の職場になってくれたほうが安心だし」

楓は自分の気持ちを落ち着かせるためなのか、それともため息なのか、一つ大きく息をついてから口を開いた。そして、続けた。「誠は私とやり直そうとしてくれてるってことだよね？」

「……うん」

「……だったら」楓はまっすぐに新名を見た。

「私、誠としたい」

寝る支度を整えたみちが寝室に入っていくと、陽一はベッドでゲームをしていた。みちは無言で隣に入った。

「服、逆じゃね？」陽一が声をかけてくる。

「え？」見ると、タグが外に出ている。「……あ、本当だ」みちは着替えるために寝室を出ようとした。

「ここで替えればいいじゃん」陽一が引き留める。

「え」

「なんで？　いつも俺の前で着替えんじゃん」

「……そうだっけ？」

無意識だったけれど、陽一の前で着替えることに抵抗があったのは確かだ。みちがどうするか迷っていると、陽一がみちのパジャマに手をかけた。

「ほら、手上げて」

「え、ちょ……」みちは抵抗し、陽一から離れようとした。

「……俺のこともう嫌か」

「……そんなことないよ」

みちが答えると、陽一は強引に服を脱がせてきた。みちにキスをしながら、ベッドに押し倒してくる。されるがままになりながら、みちは陽一の腕の中で戸惑っていた。陽一がみちを求めれば求めるほど、みちの頭の芯がどんどん冷めていく。

陽一はみちのパジャマのパンツに手をかける。みちは反射的に、その手を摑んで制した。陽一はビクリとして動きを止めた。

「あ、ごめん」

目を開けると陽一の顔がすぐそばにあった。

新名はベッドで楓に覆いかぶさり、キスをした。そのまま唇を首筋に這《は》わせていく。楓が新名の動きに反応する。新名は楓の指に自分の指を絡ませようとしたけれど、新名はそこから先に進めなくなった。

「誠？」楓が目を開ける。

「……ごめん。久しぶりで緊張してるのかも」新名は気まずい思いでいっぱいだった。

陽一はどうしたらいいかわからずにいた。

「ごめんね、陽ちゃん」みちが謝ってくる。

「……タバコ吸ってくる」陽一は耐え切れなくなり、タバコを手にベランダに出た。夜の冷たい空気を感じながら、タバコに火をつけようとして手を止めた。

まさかみちに拒まれるなんて――。

楓はひとり、ベッドに取り残されていた。
誠に拒まれるなんて思ってなかった――。

新名はリビングに出てきて、気持ちを落ち着けていた。
こうなることを望んでいたはずなのに――。

みちはベッドの上で戸惑いの表情を浮かべていた。
あんなに拒まれることが苦しかったのに……。
心が動かなかった――。

9

あまりよく眠れなかった。うとうとしては目を覚まして……を繰り返しているうちに朝が来た。目を覚ましたみちは、隣で寝ている陽一の背中を見つめた。

陽ちゃんのこと、嫌いになったわけじゃないのに……。

昨夜、ベッドの中でみちのパジャマに手をかけた陽一の手を押しとどめてしまった。どうしても、その先には進めなかった。こんなことになるなんて。

でも、ちゃんと謝ったほうがいいよね。

迷っていると、陽一が寝返りを打った。慌ててあおむけになって目を逸らし、天井を見つめた。

「ごめんな」

陽一も、起きていたようだった。

「え」

「昨日」

「いや、私も……ごめん」

「みちの気持ち考えずに……まだ俺のこと許せないだろうし……」そこまで言って、陽一はハッとして、取り繕《つくろ》うように続けた。「まだっていうのはアレだな、違うな」

「ううん」

私のほうこそ、新名さんのことを言えずにいるし……。

「あ、コーヒー淹れるね」

さっとベッドを下りて、キッチンに向かった。背中に陽一の視線を感じたけれど、振り返らなかった。

出勤の支度を済ませた新名は、寝室のドアを開けて楓を見つめていた。楓はまだ眠っている。枕には涙のあとがある。

男として楓を愛する気持ちが……本当に戻るのか？

眉根を寄せ、じっと考えていると、楓が目を覚ました。

「おはよう……」

楓に言われ、新名も「おはよう」と返した。挨拶を交わしてしまうと、それ以上言葉が出てこない。

「朝食作ってあるから」

寝室を出ていこうとすると、楓がベッドを下りて、駆け寄ってきた。そして、新名の背中にしがみついてきた。以前はあんなにも楓に自分のほうを向いてほしかったのに、今は楓の気持ちが苦しい。何かを言わなくてはと思っても、言葉が出てこない。

新名はそっと、楓の手に触れた。慈《いつく》しむためじゃない。手をほどこうとするためだ。その気配を察したのか、楓は自分から離れた。

「……いってらっしゃい」

「……いってきます」

新名は背中を向けたまま、寝室を出た。

新名を見送った楓は、しばらく押し寄せる寂しさに呆然と立ち尽くしていたが、ふと何かを思い立ったように、数日分の衣類をキャリーケースに詰め込み始めた。そしてきちんとメイクを仕上げ、しっかりとコーディネートし、決意を固めた表情で家を出て、仕事に向かった。

※

出勤してきた陽一は、店の壁から桜のパズルの額縁を外した。カウンターへ運んで作業に取りかかろうとしていると、高坂がふらりと入ってきた。

「おはようございます」

「おう」

「早くないですか？　まだコーヒー淹れてないですよ」

「何やってんだ？」

陽一の手元を見た高坂が、額縁に気づいた。

「ないから作りました」

ポケットに手をつっ込み、家から持ってきた厚紙で作ったピースを取り出した。

「パズルなめんなよ」

高坂はピースを手に取ってまじまじと見ている。陽一はかまわずに、桜のパズルの一ピース欠けた部分に厚紙のピースをはめようとした。でも、うまくはまらない。

「なめんなよ」

高坂がもう一度言う。陽一はムキになって、力任せに厚紙のピースをはめ込んだ。

「なぁ、カミさんにとうとうバレてよ」

高坂は小指を立てながら言った。しかし、陽一は一瞥《いちべつ》もせずにカウンターの中に入ると、淡々と開店準備を続けた。

「前回は家買って許してもらったけど、今回はなんだろな」

高坂がため息交じりに言う。

「家……」

「ま、一生に一度の買いもんだからな、たっけぇラブレターだよ」

そう言いながら、高坂は陽一が無理やり押し込んだ桜のパズルを見た。どう見ても、色が合っていない。

「な。ほかのもんで適当に埋め合わせても、こうなるの。なめんなよ」

高坂にそんなつもりは毛頭ないのだろうが、彼の発する言葉は、いちいち何かを暗示しているように聞こえた。


夜、みちが夕食の片づけをしていると、陽一が声をかけてきた。

「もう送っちゃった？」

「何が？」陽一の話し方は、よく主語や目的語が抜ける。

「マンションの更新」

「まだだけど」

つい先日、管理会社から更新の知らせが届いていたので、手続きをしようと言っていたところだ。陽一は何やらスマホを操作し、みちに画面を見せてきた。マンションのモデルルームの間取りだ。

「家賃とか更新料とか払うのもったいないからさ、マンション買うのも……」

「え!?」

「どうかな？　急だけど」

「いやぁ、急すぎ……」

「ネットで内覧の予約取れた、日曜」

「日曜!?」

みちは戸惑っていた。あまりに唐突だし、陽一が自分から調べて提案してくるなんて意外すぎる。とりあえず画面を見てみると、間取りは1LDKだ。

「陽ちゃん、間取りほかにもなかった？」

「え？　十分だろ、今よりリビング広いし」

「子ども生まれたら部屋足りないよ……」

いずれ家族が増えたらもっと広いマンションに。みちはずっとそう考えていた。

「ああ……」

陽一は特に考えていなかったのか、生返事をすると、そのまま黙って冷蔵庫から取り出したアイスクリームを食べ始めた。みちは1LDKの間取りを、複雑な思いで見ていた。

陽ちゃん、子どものことまったく頭になかった？

楓はホテルのシングルルームで、スマホを見てため息をついていた。

家を出ることで誠の気持ちを試したのに。

楓から新名に送った《しばらくホテルに泊まります》というメッセージに、既読はついている。でも返信はない。

どうして……帰ってこいって言ってくれないの？

帰宅した新名は、夕飯に何を作ろうかと冷蔵庫を開けた。入っている肉や野菜をチェックしてメニューを考えたが、すぐに思い直し、冷蔵庫を閉めた。

今夜はカップラーメンにしよう。栄養バランスのとれた食事を心がけていたけれど、それは楓のためでもあった。たまにはこういうのもいい。新名は解放感に満ちている自分に気づいていた。

俺は……楓のそばにいてもいいんだろうか……。

※

休日の午前中、みちは掃除機をかけていた。陽一がゲームをしているソファの下を掃除していると、ズズッと音がした。

「あぁ陽ちゃん」

ソファの下から掃除機の先を引き抜くと、やはり靴下を吸い込んでいた。

「わりぃ」

陽一は、掃除機の吸い込み口から靴下を取った。そのまま靴下を手に、洗濯機に放り込むために洗面所に向かった。陽一が洗面所から戻ってきたタイミングで、みちは遠慮がちに切り出した。

「やっぱり今日、マンション見に行くのやめない?」

「別に絶対買うってわけじゃないよ」陽一は淡々と言う。

「でも……」

「2LDKにすればいいじゃん。たぶん見せてくれる」

「え」

「子ども部屋のことだろ?」

陽一に言われ、みちはとりあえず出かけることにした。

2LDKを見せてほしいと言うと、不動産屋はむしろ大歓迎という様子で、はりきって物件を案内してくれた。不動産屋の話を聞いているのはみちだけで、陽一はウロウロ見て回っている。

「すみません、もう少し考えてから」

みちは、押しの強い不動産屋にたじたじだ。

「ほかにもご検討されてるお客様が多数おりまして」

「いや、でも……」みちが弱りきっていると、

「具体的に何人くらいですか?」陽一が戻ってきてつっこんだ。

「え、まぁ、内覧の予約も後をたたなくてですね……」

「すぐ予約できましたけど」

社交辞令などをいっさい口にしない陽一は、遠慮せずにストレートに言う。

「ハハハ、お客様、運がいいですよ」不動産屋はごまかし笑いをしながら陽一をかわし

「あ、奥さま、ぜひこちらをご覧ください、システムキッチン！」と、みちにキッチンを見せようとする。みちは「ああ……」と言われるままについていこうとした。

「駅近いのはいいけど線路も近いな」と、窓の外を見ていた陽一が言う。

「騒音などはご心配ありません」不動産屋はにっこりと笑いながら言った。

「ここに住んでませんよね、どうしてわかるんですか？」

陽一が物怖じせず質問するので、不動産屋は口ごもっている。陽一のこういう面は、とても助かる。頼もしく感じながら、リビングダイニングを離れて洋室を見にいった。

二部屋ある洋室の一部屋は、子ども部屋を想定した壁紙やインテリアになっている。

もしレスじゃなかったら、今ごろ私と陽ちゃんはどうなってたのかな……愛し合って、子どもができて、家庭をつくって……それがこんなにも遠く感じるなんて。

子ども用の可愛らしいベッドに腰かけていると、陽一が部屋をひょいとのぞいた。

「疲れたか？」

「ううん」

「ねぇ、ウォシュレット付いてるって」

これから不動産屋にトイレを見せてもらうようだ。

「もちろん風呂トイレ別ですよね？」

廊下から陽一の声が聞こえてくるけれど、みちはそのまま子ども部屋にいた。

週明け、みちがコピーをとっていると、華が「処分」と書かれた段ボールを台車に載せて歩いてきた。

「断捨離うまくいきましたぁ！」

「えーいいなー、私は苦手」

「久々に完全フリーです！　恋人三人ぜーんぶ断捨離」

「そっち!?」

会社の机周りではなく、プライベートの男関係も整理したようだ。平然と口にする華に脱力してしまう。

「モノにも人にも思い出添付しちゃダメですよー。捨てづらくなるだけ。それ、愛着じゃなくて執着ですからね」

華の言葉に、ギクリとしてしまう。そんなみちの心の中を見透かしたように、華が抱きついてきた。

「なに!?」

「失うことを恐れてしがみついてると、ほら、両手ふさがってなにも掴めませんよ」

華は戸惑っているみちから、パッと離れた。「いやぁ、一人はラクですね～、独身に戻りたいとか思ったりしません？」

「……考えもしなかった」

目から鱗《うろこ》が落ちるとはまさにこういうことだ。みちは華から頭をガツンと殴られたようだった。

外回りから編集部に帰ってきた楓は、スマホを取り出して新名とのトーク画面を開いた。まだ返信はなく、小さくため息が漏れてしまう。

「楓、ちょっと」

圭子に呼ばれて編集長のデスクに行くと「ブランドの担当者から連絡あって、競合の商品と並んでるって」と、ゲラを見せられた。

「え……すみません、私のミスです、すぐに修正かけます」

自席に戻ってすぐに作業をしようとすると、電話対応していた加奈が楓を呼んだ。

「楓さん、特集ページの撮影、楓さんが来ないって、まだ始まってないみたいですけど」

そういえばこれからスタジオで撮影だ。うっかり忘れていた。

「……ごめん」

楓は青ざめ、鞄を手に急いでスタジオに向かった。

新名は帰り支度をしながら、スマホを取り出した。今日はどうしようか。楓のトーク画面を開いて返信をするか悩んだけれど、返信内容が浮かばない。と言うより、自分の気持ちがわからない。結局、そのままスマホを閉じた。

同じ頃、みちもデスクで帰り支度をしていた。スマホを取り出し、陽一に《今夜なに食べたい?》とメッセージを送った。すぐに既読になり《なんでもいいよ》と返ってくる。

今夜のおかずどころか今後の未来もわかりませんよ……。

この気持ち、新名さんだったらわかってくれるだろうな。

心の中で呟きながら、川沿いの遊歩道をぼんやりと歩いていると、後ろから聞き覚えのある声に呼び止められた。

「吉野さん」

新名の声だ。驚いて振り返った拍子にバランスを失った。

「あたっ!」

みっともなくコケながら視線を上げると、新名が立っていた。

「大丈夫ですか!?」

逆に新名を驚かせてしまい、みちは苦笑いを浮かべた。

「すみません、急に声かけちゃったから」

ふたりは別々のベンチに腰を下ろした。

「いえいえ、よくズッコケるんで……」

「本当に平気?」

「はい、骨だけは丈夫だって、昔からおばあちゃんに褒められてましたから」

「そう」

以前、『迷ったら川に行け』というおばあちゃんの教えを、会社をサボって海に行っていた新名にメッセージで送ったことがある。そのメッセージのおかげで、新名とここで落ち合えた。

新名もそのときのことを覚えていてくれたようで、ほほ笑んでいる。みちも笑顔を作ってみたけれど、話題は続かずに沈黙が訪れた。困ったときは天候の話題だ。

「……今夜は夜風が気持ちよさそうですね」

みちは苦し紛れに言ってみた。

「そうですね……あ、ビール買ってきます」

「あ、え……」

そういうつもりではなかった。でも新名はすでに立ち上がっている。

「ここ、取っといてください」新名はベンチを指して言う。

「はい……すみません」

みちは申し訳なさそうに肩をすくめたけれど、新名はかまわず走っていった。


陽一が帰宅すると、室内は真っ暗だった。みちはまだ帰ってきていないようだ。何かあったのかとスマホを開いてみる。みちからは何もメッセージが届いていなかった。


楓は仕事の電話をしながら、ホテルの部屋に帰ってきた。

「修正お送りしましたので確認お願い致します……申し訳ありませんでした」

自分のミスで、先方にも迷惑をかけてしまった。ぐったりして電話を切り、新名とのトーク画面を確認した。でも相変わらずメッセージは届いていなかった。


新名はコンビニの袋を手に、走って戻ってきた。

「お待たせしました」肩で息をしながら、袋の中から缶ビールを取り出した。

「ありがとうございます」

みちが受け取ると、隣のベンチに腰を下ろした新名がさっそく缶ビールを開けようとしているのが目に入った。

「あ、今開けると、プシュー！　ドバァーってなりますよ」

あれだけ走ってきたのだからかなりシェイクされてしまっているだろう。

「プシュー！　ドバァーはまずいですね」

「もう少ししてから開けましょうか」

「そうですね」

ふたりはとりあえず、自分の横に缶ビールを置いた。また沈黙が流れるのが怖かったので、みちは必死にあたりさわりのない話題を探した。

「次の会社って、どんな？」

「萬田《まんだ》ホールディングスに」

「すごいじゃないですか！」

みちは心から言った。転職が新名にとってキャリアアップになるのは間違いない。

「また営業なんで、外回りでこの辺ウロウロするかもしれません」

「ランチタイムに見かけたら……そっと応援しますね」

また会える可能性があるとわかって、ほんとうは嬉しかった。同時に、寂しくて仕方がなかった。でもその気持ちは隠しておかないといけない。

「声かけてくださいよ」

「私のほうこそ、その辺でコケてたら声かけてくださいね」

「はい」

ふたりは笑い合った。隣に並んで座り、笑い合う。それもこれが最後だろうか。

「あと少しですね、退社まで」

みちはしみじみ言った。

「はい」

「みんな寂しがってますよ」もちろん、みちも。

「いえいえ」

「急だったし」

「そうですね……」

新名の声も、どことなく寂しげだ。

「もう大丈夫かな」

新名が缶ビールを手に取ったので、みちも同じようにした。

「開けますか？」

「……やめときましょうか」

みちは静かに言った。

「もうプシュー！　ドバァーには」

笑って言う新名から、みちは目を逸らした。みちの態度から察したのか、新名はビールを開けようとしていた手を止めた。

「……そうですね、明日も仕事ですし」

「はい」

「じゃあ、お互いうちで飲みましょう」

「はい」

精いっぱい笑みを浮かべ、うなずいた。でも心の中では泣きそうだった。

ダメだ、私、あのときみたいに気持ちがあふれてしまいそうで。

初めて新名とふたり、川沿いのベンチに座ってビールを飲んだ夜のことを思い出して、みちの胸中は激しく動揺していた。

マンションに戻ってきた楓がキャリーケースの中身を整理していると、新名が帰ってきた。

「楓……」

新名が戸惑いがちに声をかけてくる。

「……ずっと迎えにいかなくて、ごめん」

謝る新名の顔を、楓は無言で見上げた。ぎゅっと唇を結んでいないと、感情があふれそうだ。悔しい。何より、悲しい。

「どこにいたの?」

どうにか感情を込めずに、言った。

「寄り道……夜風に当たってた」

新名は楓の視線から逃れるようにキッチンに行き、缶ビールを冷蔵庫にしまった。その背中をじっと見つめているうちに、楓は唐突に新名の気持ちに気づき、愕然《がくぜん》とした。

「……帰ってきてごめんね」

楓は洗濯物を手に立ち上がり、洗面所に駆け込んだ。

「楓……」

背中で、新名が呟く声が聞こえた。でも、追いかけてはこなかった。楓は悲しみを堪えながら洗濯物を洗濯機に放り込んだ。

ちょっとした言動から、動揺や些細《ささい》な感情の変化も夫婦だからわかってしまう。

誠はまだあの人と会ってる……。


先に風呂を済ませた陽一が寝室にいると、リビングにみちの気配がした。みちも風呂から出てきたようだ。

プシュッ。

みちが缶ビールを開けた音がしたかと思うと、ベランダの窓が開く音も聞こえてきた。なんとなく気になって、陽一は寝室のドアから顔を出してリビングをのぞいた。みちがベランダでビールを飲んでいる。自分もビールを飲もうかと思ったけれど、みちの背中を見ていたら、なんとなくそういう雰囲気ではない気がした。陽一は寝室に引っ込んだ。


「いただきます」

みちは缶ビールを開けて、ぐいっとひと口飲んだ。

もう、新名さんに頼っちゃいけないのに……。

ほんとうはふたりで飲みたかった。たくさん、話がしたかった。

新名もベランダで一人、遠くを見つめながらビールを飲んでいた。

これ以上、楓を傷つけたくない……。

楓は、部屋の中からそんな新名の背中を見つめながら、声をかけることもできずに立ち尽くしていた。

※

楓は坂道を上っていた。坂の最後のほうに数段だけある階段を上りきると、カフェがあった。

「ありがとうございました」

ちょうど客が出てきて、中から男性の声が聞こえてくる。

この店だろうか。楓は手にした興信所の報告書と、店名を見比べた。そして報告書をバッグにしまい、店に入っていった。

「いらっしゃいませ、空いてる席どうぞ」

カウンターの中に、男性がいた。彼がみちの夫、陽一だろう。

「ここでもいいですか？」

楓は陽一の目の前のカウンター席を指した。

「はい」

陽一がうなずく。カウンターの隅でジグソーパズルをしていた男性が、顔を上げて楓を見た。オーナーの高坂だろう。楓が軽く頭を下げると、高坂は相好を崩して会釈を返した。

「ブレンドお願いします」

「はい」

コーヒーを淹れ始める陽一を、楓はまっすぐに見据えた。

「どうぞ」

楓の前にコーヒーが置かれる。

「ありがとうございます」

新名が思いを寄せているみちの夫が淹れたコーヒー。楓は心に渦巻く思いを鎮めるように、一口飲んだ。

「お口に合います？　うちは豆にこだわってましてね」

高坂が声をかけてくる。

「コイツは店長、で、俺はここのオーナーで、趣味はゴルフ、芸術鑑賞、ジグソーパズル……」

「ちょっと」

陽一が、しゃべりが止まらない高坂を制した。

「いいじゃねぇかよ、ねえ？」

高坂はおどけた調子で楓に同意を求めるが、楓は相手にしない。カップをソーサーに置き、楓は改めて陽一を見た。

「奥さん……羨ましいです、毎日おいしいコーヒー飲めて」

「家じゃあんまり淹れないんで」

陽一がボソッと言う。

「奥さんってどんな方ですか？」

「え……」

ただでさえ無口で無愛想な陽一は、唐突に妻の話を持ち出されて言葉に詰まってしまった。

「いい子なんですよ。ずっとそばにいて支えてくれてコイツやっと人間らしくなりましたから」

高坂が、陽一のかわりに口を開く。

「ずっとそばに？」

鼻で笑う楓を、陽一が不思議そうに見ている。

「そう思ってるのはご主人だけかも」

「え？」

高坂も、楓の様子を不思議がっている。

「知らないうちに、ふと気づいたら隣にいない……たとえば、浮気してたりして」

「おお怖い怖い」

高坂がおどけて震える仕草をしている。だが楓は陽一だけを見ている。

「今までそう思ったことありません？」

「別に」

「自分に自信があるか、奥さんのこと甘く見てるか、あるいはその両方」

楓が言うと、陽一は首をひねった。

「夫婦だから」

「わかります？」

「まぁ……」

「うちの夫は浮気してました」

「あちゃー怖い怖い」

高坂が茶々を入れる。

「案外わからないものですよ？　夫婦って他人だから」

楓は陽一を射貫くように見た。

「あなたの奥さん……」

私の夫と浮気をしていますよ、と言おうとしたとき……、

「その通り！」

高坂が声を上げた。

「夫婦だろうと恋人だろうと、始まりはみんな他人同士ですからね、僕とあなたも」

笑いかけてくる高坂を、楓は無視して目を逸らした。高坂がいたのは計算外だ。邪魔だからいなくなってほしい。

「他人同士か……」

陽一が呟いた。

「いや」

でもすぐに、黙ってしまう。

「なんですか？」

楓は先を促した。

「他人同士だったけど今は夫婦だから」

陽一は、話下手なのか、無口なのか、とらえどころがない。

「そう、パズルと同じだよ、少しずつピース埋めていって、夫婦になっていくんだよ」

高坂が言うと、陽一は初めて笑顔を見せた。

「オーナーには言われたくないですけど」

「それでも裏切られたらどうしますか？」

楓は気持ちを制御することができずに、詰め寄った。

「裏切られたら……ずっとそばにいるのに裏切られて傷つけられたら」

「それはそれで俺のせいなんで」

陽一の言葉に、楓は胸の中にざらっと砂を流し込まれたように苦しくなった。

誠に裏切られたのは……自分のせいだ。

店内は、しんと静まり返った。

「ごちそうさまでした」

楓は居たたまれなくなり、千円札を置いて立ち上がった。

「あれれ、もう帰っちゃうんですか？」

高坂が残念そうに言う。

「お釣りはけっこうです」

「え……ありがとうございました」

陽一が驚いているが、楓は逃げるように出てきた。ドアが背後で閉まると、力が抜けて、動けなくなってしまった。

私は何をしようとしてたの？　もう誰かのせいになんてできないのに……最低だ。


陽一は楓のカップを片づけていた。コーヒーがまだ残っている。不思議な客だった。なんとなく、胸騒ぎがする。

「美人にはもっと愛想よくしろよ」

高坂がぶつぶつ言っているが、陽一には気になることがあり、相手にする余裕がなかった。

浮気……まさかな。

編集部に戻ってきた楓は、一人、コーディネートルームに立ち尽くしていた。

「どうしたの？」

圭子にポンと肩を叩かれ、ようやく我に返った。

「あ……」

「ひどい顔してるよ」

圭子に言われ、思わず頬に手を当てる。

「あのさ、家族より一緒にいるんだからわかるよ」

「え……」

「楓らしくない」

「すみません……」

「いや、楓らしいかな」

圭子は楓の背中を優しくなでた。

「!?」

急にそんなことをされて、楓は張り詰めていた気持ちが崩れそうになってくる。

「楓はさ。きれいな顔して昔っから泥臭いとこあるから、なんでも頑張って頑張りすぎて、突っ走って、意地になって、負けず嫌いで頑固で」

圭子の言葉に、鼻の奥がツンと痛くなってきた。

「でも私好きなんだ、そういうとこ」

背中から伝わってくる圭子の手のぬくもりに、堪えていた涙が一気にあふれてきた。

「……ごめんなさい」

「謝らないよ」

圭子は言うけれど、楓は声にならない声で「ごめんなさい」と繰り返した。

「謝らない。泣いて謝るのは負けたとき。楓はまだ負けてない」

泣きじゃくる楓に、圭子はさらに続けた。

「楓……旦那のことで大変なんでしょ？」

「……はい」

「これは私の意見だけど。自分の心を壊してまで一緒にいることになんの意味があるのかな？」

圭子にはすべてお見通しなのだろうか。楓の心は壊れてしまい、判断ができなくなってしまったのだろうか。

「今週はちゃんと休み取りな。上からも言われてるから」

「はい……」

楓は、声にならない声で返事をする。

圭子は楓にハンカチを渡し、部屋を出ていった。

新名の母親、幸恵が再び入院した。知らせを受け、新名は営業回りの合間に病院に駆け付けた。

「不良息子が」

病室のベッドで眠っていた幸恵が、目を開けた。

「仕事さぼってまで来るんじゃないよ」

顔色が悪い幸恵だが、新名の前では無理におどけた口調で言う。

「大丈夫なの？」

「ちょっと調子に乗っちゃった」

「ずっと家のことしてたんでしょ」

新名はベッドのそばの椅子に腰を下ろした。

「すこーし動きすぎて疲れただけ。お父さん大げさだから」

「少しはやらせなよ」

「イヤ、絶対イヤ」

「どうして……あ、逆に汚されるから」新名が納得したように言うと、

「違うわよ」と、幸恵は即座に否定した。

「じゃあなんで？」

「私の生きがいだもん」

無理をしているのか、意地になっているのか。新名には幸恵の本心は読み取れない。

「誠ならわかるでしょ？」

「え……」

「大切な人がおいしいって顔して食べてくれる幸せ」

「……ああ」

「大切な人がさ、家の中でも外でも、その人らしくいてくれたらいい、それがいちばん。それが私の生きがい」

幸恵は、ふふ、と笑った。

「誠は誠のやり方で楓さんのこと支えてるでしょ？」

「どうかな……」

思わず、顔が曇った。そんな新名を幸恵が見ている。心配かけるわけにはいかないと、新名は笑顔をつくった。

「自信ない、支えられてればいいけどね」

「ま、夫婦なんて、そりゃあ足並み揃《そろ》わないほうが多いわよ」

幸恵は新名の目を見つめた。

「けど、そんなときはちゃんと立ち止まりなさい」

「立ち止まる……」

「そ、二人三脚よ、運動会の、あるでしょ？」

「ああ」

「ほどけそうになった紐はちゃーんと結び直すの。で……」

幸恵は新名の腕を引き寄せると、二人三脚をするときのように、自分の肩に回して言葉を続けた。

「ふたりで息を合わせて、せーのって、ね！」

「え？」

「いっちに、いっちに、て」

幸恵は新名と肩を組んで走るかのように体を揺らした。

「母さん、無理しないで、ほら」

新名は幸恵に落ち着くよう言った。幸恵は体を離して、ベッドにもたれる。

「お父さんとは、そうやって時間かけてつないできた絆があるの。お父さんと結婚して私は幸せなの」

どうやら幸恵は無理をしているわけではないようだ。こんな生き方もある。新名は優しいまなざしで母を見つめた。

楓が仕事を終えて帰宅すると、新名が料理をしていた。少し前は、あたりまえの光景だった。でも今はこの状況を素直に受け入れることは難しい。

「おかえり」

「……ただいま」

「楓、今夜は一緒に食べない？」

「え……」

「どうかな？」

「うん……」

楓は新名と久しぶりに視線を交わし、かすかに笑みを浮かべた。

食後、二人はカモミールティーを飲みながら向かい合っていた。

「楓……ありがとう、俺のために」

「ううん」

「最近、楓にかなり無理させてしまってたよね」

新名は言う。でもそれ以前の自分の身勝手さを思うと、楓は何も言えない。

「わかってたのに。俺、ずっと楓とどう向き合えばいいかわからなくて、本当に申し訳なかった」

「ううん」

「だから、正直に話そうと思うんだ」

「うん」

楓はうなずいた。新名は言葉を選んでいるのか、すこし考えている。

「楓がやり直そうと努力してくれたのに……俺は……」

次の言葉を、楓は待っていた。ほんのすこしの期待を持って。

「俺は……楓とセックスできなかったのは……男としての愛情が戻らなかったからなんだ」

期待は、打ち砕かれた。けれど楓の心の中は、不思議とすっきりしていた。

「ごめん」

謝る新名を、楓は落ち着いた気持ちで見つめた。

「……初めて、誠の本音聞けた気がする」

「え」

「ありがとう」

楓は晴れやかな顔で言った。

「誠、今度の休み、ちょっとつきあってくれる？」

「え、うん」

新名は目を丸くして楓を見ていた。


客がいない時間帯、陽一は店の外に出てきた。デッキでタバコを取り出すと、店の前の道を、若い母親がベビーカーを押して歩いてきた。しかし、道の最後には数段の階段がある。立ち往生している母親の姿を見かねて、陽一は駆け寄り、ベビーカーを持ち上げてやった。

「すみません、ありがとうございます」

礼を言う母親の年格好や背格好が、どこかみちとダブって見えた。

「いえ……」

陽一はタバコを吸いに戻る前に、しばらくその場で考えた。

みちの子どもだったら育てられるか？


翌日、みちは上司に呼ばれ、試験案内の資料を渡された。

「昇進試験？　私がですか？」

「良い機会だと思うよ、考えてみて」

「は、はい……」

みちは資料を手に、自席に戻った。

「先輩、推進部のみんなで応援しますからね！」

華がみちを見てガッツポーズをする。でもみちはいまひとつピンとこなかった。

仕事は嫌いじゃないけど……バリバリ仕事する自分、正直想像できない。


陽一の店には珍しい客が来ていた。陽一よりすこし上の世代の父親と、小学生の男子という組み合わせだ。父親はコーヒーを飲み、塾帰りらしき息子はアイスクリームを食べている。陽一はカウンター内で作業をしながら、親子の様子をチラチラと見ていた。

「オーナーは子どもも好きですか？」

カウンターに座る高坂に、尋ねてみる。

「ん？　好きも嫌いもねぇよ」

「そうですね」

「つくらねーの？」

高坂が尋ねてきたが、黙っていた。

「おまえんとこ」

もう一度言われたので、陽一は口を開いた。

「……俺はただ……いつまでもアイスクリームとかナポリタンとか食ってたいんですよ」

「ずっと子どものままでいたいってか」

「親になるとか」

無理で、と言いかけた。

「男なんてそんなもんだよなー。でもできたらできたで自分の分身みたいでよ」

「えっ⁉　子どもいるんすか⁉」

「今年二十五。前のカミさんとの間にな」

「まじですか……」

いつもへらへらと遊び人ぶっている高坂に、そんな年齢の子どもがいたとは。陽一は驚きを隠せずにいた。

みちは家で麦茶を飲みながら、上司から渡された昇進試験案内の資料を見ていた。

自分には、陽ちゃんと結婚して家庭をつくって……そういう未来のほうが大事だったけど……。

そんなことをぼんやりと考えながら、ツボ押し棒で足の裏を押していたら、思わず強く押してしまい、みちは小さく悲鳴をあげた。

※

休日、楓と新名は買い物と映画を満喫し、公園のベンチに腰を下ろした。

「何年ぶりだろうね、ふたりで映画なんて」

「楓、泣いてた？」

「誠だって、鼻ズルズルしてたでしょ」

「してないよ」

二人は声を合わせて笑った。

「今日はつきあってくれてありがとう」

「いや、でも、仕事大丈夫だったの？」

「うん。これからはね、ちゃんと休もうと思って」

楓はそう言ってほほ笑むと、ふう、と息を吐いた。

「あのね、私も話しておきたいことがあるの」

切り出すと、新名が楓を見る。

「吉野さんに会った」

「え……」

「私が誠のこと、どれだけ傷つけてしまったか教えてもらっちゃった」

正直に告げた楓を問い詰めるようなことはせず、新名は黙って聞いている。

「ごめんね」

楓は新名の手を握り、心を込めて言った。

「ううん……」

新名は首を振った。

「マンションどうする？」

冷蔵庫にビールを取りにきた陽一が、缶を開けながら夕飯のカレーを作っているみちに声をかけてきた。

「え」

「俺はあのマンションけっこう気に入ってるよ」

できあがったカレーをテーブルに並べ、向かい合わせにテーブルにつくと、みちは陽一に問いかけた。

「ねぇ、陽ちゃん。私、今のまま、マンションなんて買えないよ」

みちは、本音を伝えた。

「え、なんで？」

「私たちの将来のこと、もっと話し合わなきゃ」

「2LDK買うんだから大丈夫だろ」

「……大丈夫って」

いったい、何が大丈夫だというのだろう。みちは真剣に陽一に尋ねた。

「陽ちゃんは本当に子ども欲しい？」

陽一は、黙り込む。

「陽ちゃんの本当の気持ち教えて」

正面から目を見つめると、陽一は目を逸らし、肩をすくめて下を向いた。その姿は、拗《す》ねた子どものようだ。

「陽ちゃん」

みちが返事を促すと、陽一は渋々と口を開いた。

「……子どもは……欲しくない……」

陽一の答えを聞いて、みちは胃のあたりがぎゅっと苦しくなった。

「ずっと？　どうしてそんな大事なこと今まで黙ってたの？」

たたみかけるように問いかけても、陽一は何も言わない。

「私が子ども欲しいこと知ってたよね」

泣くつもりはなかった。でも、涙がこぼれてしまう。陽一がそばに来て、みちの手を握った。みちは驚いて陽一の顔を見た。

「言ったら俺から離れていくだろ？　俺はみちと一緒にいたくて結婚したんだよ」

陽一は声を絞り出すようにして言う。しかし、みちはカレーに手をつけずにテーブルを離れると、寝室に向かった。みちはドアを閉め、ベッドに泣き崩れた。

私はずっとその場しのぎでなだめられてただけだったんだ……。

みちは全身を震わせ、泣き続けた。

新名の最終出勤日、営業一部・推進部のメンバーたちが集まってきた。

「新名さん、お疲れ様でした」

「推進部からです、ありがとうございました」

田中から寄せ書きと記念品を、華から花束を受け取った。

「ありがとう」

礼を言うと、みんながいっせいに拍手をした。輪の中にはみちがいない。新名は一瞬寂しげな表情を浮かべたが、言葉を続けた。

「今まで本当にお世話になりました。みなさんには引き継ぎ時間も短いなか、迷惑をかけてしまって」

新名の挨拶を聞きながら、田中が泣き始めた。近くにいた同僚が「泣くなよ、田中」と、声をかけている。

「……泣いてません！」

田中は涙声だ。周りにいた社員たちから笑いが漏れる。

「こうして出会って、一緒に仕事ができたこと……絶対に忘れません。これからも、お互い頑張りましょう」

新名はみんなの顔を見回した。

「今までありがとうございました」

頭を下げると、一層拍手が大きくなった。でも、みちの姿が見えなくなっていた。

みちがみんなの輪からこっそりと抜けて一人で会議の準備をしていると、コンコン、とノックの音がした。

「先輩」

華が入ってきた。

「わかりますけどね」

華は、みちがそっといなくなったことに気づいて、探しに来てくれたようだ。

「十時から会議でしょ。急がないと」みちは淡々と準備を続けた。

「今夜ラーメン行きましょ！」

「え？」

「こういうときはこってり背脂ニンニクマシマシですよ！」

明るく提案して、華は会議室を出ていった。

「華ちゃん……」

後輩だけど、華には助けられてばかりだった。

夕方、華はさっさと仕事を終え、先に店に行っていると言って会社を出ていった。少し遅れて店に到着したみちが華を探すと、新名がいた。驚いて立ち止まると、新名もみちに気づいた。

「吉野さん!?」

「いや、あの……華ちゃんに」

「俺もです。田中に最後ラーメン奢ってあげてほしいって」

「え……」

うろたえているみちのスマホに、華からメッセージが届く。

《ちゃんとサヨナラしてきてください》

画面を見て、嵌《は》められた……と顔をしかめながらも、新名とふたりで話すチャンスをつくってくれて嬉しいような、複雑な気持ちになる。

「どうしました？」

「えーと……」みちはしばらく考え「奢ります」と、席に着いた。

「え」

「食べましょう」

みちが苦笑いを浮かべながら言うと、新名の顔からふわりと優しい笑みがこぼれた。

やがて注文したラーメンが出てきた。熱い熱いと食べているうちに、自然と会話がはずんでくる。

「田中さん、泣いてましたね」

「いや、アイツ大げさだから」

「でもいつかラーメン奢ってあげてくださいね」

「そうだね」

新名が言い、そこで会話が途切れた。

「吉野さんとまた来れてよかった」

「はい……」

「前は桜の季節だったね」

「そうですね、あのとき、私飲みすぎて」

みちはあの頃を思い出して、胸が苦しくなった。

「うん」

新名も同じだろうか。短くうなずいただけで黙っている。

二人の関係が始まって、お互いに戸惑いながらも思いが抑えられなくて。それでもやっぱり、終わらせるしかなくて。始まりから終わりまで、わずかな期間だった。

こんな気持ちで、ちゃんとさよならできるかな……。

みちはあふれそうになる涙を堪えた。でも泣くわけにはいかない。何度も鼻をすりながら、ラーメンを食べた。

「吉野さん？」新名が心配したように、のぞき込んでくる。

「おいしいですね」みちは必死でごまかした。

話したいことは山ほどあるのに、話そうとすると言葉と一緒に涙も出てくる。

「あ、そうだ、吉野さん。ラーメンを日本で初めて食べた人知ってますか？」

新名はお得意のクイズを出してきた。新名がクイズを出して豆知識を披露するのも、二人が一緒に残業した夜の思い出だ。

「水戸黄門です」みちは笑いながら答えた。

「知ってましたか」

「悔しいですか？」

「はい、ちょっと」

ふたりは笑い合った。

それでも……さよならしなくちゃいけないんだ。


店を出て、川沿いの遊歩道を並んで歩いた。

「ここで」みちが立ち止まり、笑顔をつくった。

「はい……」新名も立ち止まる。「本当にお世話になりました。今まで、ありがとう」

「ありがとうございました」

「じゃあ」

「じゃあ」みちが新名を見上げた。

「吉野さん、さようなら」

「さようなら」

立ち去りがたい。でも、キリがない。笑顔をつくるみちに背を向け、新名は歩き出した。背後でみちも歩き出した気配を感じる。

新名はみちへの思いを断ち切るように歩いた。振り返らずに、ただひたすらまっすぐに。けれど……。

彼女の笑顔、彼女の体温、彼女のすべてを忘れることなんてできなかった。どんなに自分を誤魔化そうとしても誤魔化しきれなかった。本当は、さようならと言いたくなかった――。

新名は足を止めた。そして、みちのもとに走り出した。

「吉野さん！」

みちのもとへ駆け寄ると、みちが振り返る。驚いて目を見開くみちの顔が、泣き笑いのような表情になる。

新名はみちの手を取り、走り出した。


走って走って、バス停に駆け込んだ。そこにちょうどバスがすべり込んできて停車する。お互いの気持ちを確かめ合うように、二人はつないだ手を強く握りしめた。バスのドアが開き、乗り込もうと踏み出した。けれど、二人は同時に足を止めた。バスのドアは閉まり、走り出してしまう。

二人は動き出したバスを見送り、手をつないだままバス停のベンチに腰を下ろした。

それから目の前を、バスが何本も通り過ぎていく。

「今ので何本目ですかね？」みちは新名を見た。

「十本目までは数えてた」

新名の返事がおかしくて、みちは笑った。

「新名さんが行きたい場所、私わかります」

「俺もわかるよ、吉野さんが行きたい場所」

新名たちはつないだ手に力を込め、見つめ合った。二人の表情に迷いはない。

「俺たち、もう行き先見つけてるんだよね」

「はい」みちは強い視線で新名を見て、うなずいた。

「もうどこにも逃げるつもりはない」

「はい。ずっと逃げたくなかったから」

「うん」

「私、ちゃんと解決したいんです」

「俺も」

「どんな結果になったとしても」

「うん」

離れている間も、思いは同じだった。

「帰りましょう」

みちが言い、二人は同時に立ち上がった。

新名が帰ると、楓がリビングのドアを開けて出迎えてくれた。

「おかえり」

「ただいま」

「誠、長い間、お疲れ様でした」楓は新名のカバンを受け取って言った。

「ありがとう」新名はワインが並んでいるダイニングテーブルを見た。

「お祝いしようと思って」と、ワイングラスを取りにいく。

「楓、話があるんだ」新名が声をかけると、楓が動きを止めた。新名はその背中に改めて「楓」と、呼びかけた。楓がゆっくりと振り返る。

「離婚しよう」

新名は楓を見つめた。楓を悲しませたくはなかった。でももう、自分に嘘はつけない。そしてさっき、どこにも逃げるつもりはないと、みちに告げた。

「わかった」

楓は拍子抜けするほど、あっさりと言った。その顔には、おだやかな笑みが浮かんでいる。

「わかった。いいよ、離婚しよう」

「楓……」

みちがマンションに帰ってくると、陽一が玄関先で今にも出かけようとしていた。

「どうしたの？」

部屋着にアウターを羽織り、ヘルメットを持っている。みちを迎えにいこうとしていたようだ。

「ん、いや……おかえり……」

陽一はヘルメットを定位置に戻し、リビングに引き返していった。

「……陽ちゃん、今いいかな」

続いて入っていき、陽一に声をかけた。

「ん？」

「話したいことがあるの」

「子どものこと？」

陽一が尋ねてくる。そうじゃない。水をさされたような気持ちになる。

「俺、いいよ」

「何が？」

「子ども、つくってもいいよ」

つくってもいい……？　陽一に言われ、全身から血の気が引いていくのを感じた。

「ねぇ陽ちゃん、つくってもいいなんて言われて、私が喜ぶと思った？」

いったいどこまで、見当はずれなことを言うのだろう。

「思ったんだよね？　だからそんな言葉が出るんだよね。私は、もうその場しのぎの言葉はいらないの。適当になだめられてすまされたくない。だって、たとえこのまま子どもつくってもさ、きっと、また違うことで傷つく」

みちは自分の気持ちをぶつけた。

「私、これ以上自分をすり減らしながら生きたくない」

「……どういう意味？」

「今までどんなに傷ついても、陽ちゃんへの愛情があったから一緒にいられた。でも今はそれが私の中からなくなっちゃった」

みちが行きたい場所。そこに、陽一はいない。

「……みち」

「私と離婚してください」

みちは陽一の目を見つめ、きっぱりと言った。

10

朝、みちはスーツケースに荷物を詰め、マンションを出た。スーツケースを転がしながら、みちは昨夜のことを思い出していた。

昨夜帰宅して、離婚してくださいと、陽一に告げた。新名とバス停で別れてから帰宅するまでの間、帰ったら言おうと決めていた言葉だ。

「……なんで？」

陽一は青天の霹靂《へきれき》といった表情をしていた。

「なんで急に」

「急じゃないよ。私はもう陽ちゃんと夫婦ではいられない」

一人になる。その選択肢があることに気づいたのは、華のおかげだ。再構築することばかり考えていた。だけど、みちが見ている未来に陽一はいなかった。

きっぱりとそう言い切ったみちを見て、陽一は言葉が出てこなかった。しばらくして、陽一は口を開いてこう言った。

「……誰かいんの？」

その質問に、みちは押し黙った。

「俺、何言われても平気だから。好きなやついるなら言ってよ」

陽一の言葉に、みちはなんと答えるべきか考えた。新名の存在が心にあることは確かだ。だけどこれは、陽一とみち、ふたりの問題だ。

「いないよ。そんな人」

みちは陽一をまっすぐ見つめた。

「……とにかくしないから」

陽一はみちから目を逸らしてそれだけ言うと、寝室に去っていった。

本当のことを言って陽ちゃんを傷つけたくない。

新名さんのことは一生隠し続けるんだ。

みちは決意を新たに、マンション前の坂道を下っていった。


新名は萬田ホールディングスへの初出勤の日を迎えた。

「今日からよろしくお願いします」

上司に案内され、自席に向かう。

「新名くんがうちに来てくれるとはな。期待してるよ」

「頑張ります」

「転職に賛成してくれた奥さんに感謝しないとな」

上司の言葉を、新名は曖昧にほほ笑んでやり過ごした。昨日までしていた結婚指輪は、今日からは外している。

意外だった……。

昨夜、離婚したいと告げた新名に、楓は落ち着いた様子でうなずいた。

「このまま一緒にいてもお互い苦しいだけだもんね。私もそれがいちばんいいと思う」

もちろん、無理して明るく振る舞っているのはわかっていた。でも、もっと取り乱すだろうと思っていたし、そうなったとしても、絶対に情に流されずに強い意志を持って伝えようと心に誓っていた。それなのに……。

「……明日、私ここ出ていくから」と、楓は言った。

「俺が出ていくよ」

「……うん。わかった」

楓はうなずいた。「別に憎しみ合って別れるわけじゃないんだし、きれいにお別れしよう」

「……そうだね」新名は静かにうなずいた。

楓が編集部で仕事をしていると、圭子が入ってきた。

「みんな、ちょっといい？」

声をかけられ、編集部員たちはそれぞれの作業の手を止めた。

「知ってる人もいると思うけど、会社を辞めることになりました。次の編集長が決まったらちゃんと引き継いでいくんでみなさん安心してください」

圭子が言うと、編集部員たちはチラチラと楓を見た。

「それと、今後の業務に関しては今まで通り――」

引き継ぎの言葉を聞きながら、楓は心の中で気合いを入れ直した。

夢がようやく叶《かな》う。仕事に集中するためにも離婚を受け入れてよかったんだ……。

自分を納得させながらも、楓は左手薬指にまだ結婚指輪があることに気づいた。


「毎度～。吉野さん？　大丈夫ですか？」

朝、陽一はいつもやってくる業者の男に起こされた。

「……ああ……」

どうやら店の床で眠っていたらしい。カウンターに散乱しているラムの酒瓶や、缶ビールの空き缶を見て、昨晩ここへ来て酔いつぶれて寝てしまったことを思い出した。

「サインだけいいですか？」

業者からペンを差し出され、陽一はまだ酒の抜けない生気のない表情で、なんとかサインをした。


みちが仕事をしていると、田中が書類を手に近づいてきた。

「あの、これお願いしたいんですけど」

「はい」ハンコを出すためにデスクのひきだしを開けた。一番上に、昇進試験の資料がある。

「吉野さんも昇進試験受けるんですね」

「え？　あ、いや、これは……」単に入れっぱなしにしていたものだ。

「そうだ、吉野さん、今日暇ですか？」

田中が何かいいことを思いついたように言った。


その日、みちはビジネスマン向けのフリースペースに行くという田中と一緒に会社を出た。

「なんか強引に誘っちゃってすいません。一緒に勉強したほうが頑張れると思って」

「あの、私まだ試験受けるかどうか」

断りきれなくてついてきたものの、みちはあまり乗り気ではない。

「あ、ここです」

田中はフリースペースが入るビルの前で立ち止まった。

部屋に入ると空いているデスクを見つけ、田中と腰を下ろした。

「なんか仕事デキそうな人ばっかりだね」

みちはすっかり気後れしていた。周りはみな、真剣にパソコンや資料に向かっている。

「吉野さん初めてですか？」

「うん。こういうとこ来る機会なかったから」

言いながら見回すと、視線の先に、同年代のキャリアウーマンがいた。

「かっこいい」

みちは憧れの眼差しを向けた。

「あ、着いたみたいです」

田中はスマホの画面をチェックしていたかと思うと「新名さんこっちです」と、入ってきた新名に手招きをしている。新名とみちは互いを見て目を見開いた。

「新名さんに勉強教えてもらおうと思って頼んだんです」田中が言う。

「……そうなんだ」みちは肩をすくめた。

「すいません。忙しいのに」田中は嬉しそうに新名を見上げている。

「いや……吉野さんも一緒だったんですね」

「……はい」

すぐ近くにいる新名の左手が目に入る。薬指に指輪はなかった。


帰り道、みちは新名と田中と三人で駅に向かっていた。勉強なんていうものを久々にした充実感と疲労感、そして思いがけず新名に会えたという高揚感と緊張感。いろいろな感情に揺れながら、歩いていた。

「じゃあ俺こっちなんで。新名さん今日はありがとうございました」

田中はみちたちとは別方向の路線だ。

「お疲れ様」

みちたちは田中を見送った。

「行きましょうか」

新名と二人で、並んで歩く。互いに何を話したらいいのかわからず、しばらくは無言で歩いた。

「……離婚することになりました」新名がぽつりと呟いた。

「え」

「いや……妻と離婚することになりました」

「……私はまだ話し合いの途中っていうか」みちも、現状を報告した。

「……そうですか」新名はまたしばらく黙り、「吉野さん」と、声をかけてきた。

「はい」

「今はまだこんなこと言うべきじゃないかもしれないけど」

何を言われるのか、みちも緊張しながら続きを待った。

「お互いちゃんと解決したら……」

「はい」

返事を聞いた新名が、みちを見る。

「ありがとう」

ふたりがほほ笑み合ったとき、新名のスマホが鳴った。みちがどうぞ、と言うと、新名はごめん、と断ってからスマホを取り出した。

「もしもし？　……え」

新名は絶句し、立ち尽くした。

※

今朝もまた、陽一は二日酔いで激しい頭痛に襲われたまま目を覚ました。最悪な寝起きだ。みちに離婚を告げられて以来、やけ酒が続いていたので無理もない。

洗面所に一本しかない歯ブラシを手に取り、みちの不在を実感しながら歯を磨いていると、玄関が開いた。慌てて洗面所から顔を出すと、出勤姿のみちが入ってきた。

「……荷物、取りにきた」

みちは陽一の顔を見ずに言うと、そのまま寝室に入っていった。うがいをしてみちの様子を見に行くと、クローゼットから喪服を取り出している。陽一がいることに気づいているだろうに、みちは何も言わない。

「……今どこいんの？」陽一は自分から声をかけた。

「ビジネスホテル」

「カネかかんじゃん。もう帰ってこいよ」

みちは何も言わず、棚の上にある喪服用の鞄の箱に、手を伸ばしている。陽一はそばに行き取ってあげた。

「……ありがとう」それだけ言い、荷物をまとめ始める。

「……誰の葬式？」

「上司のお母さん」

「上司の親の葬式まで行くの？」

なんとなく腑《ふ》に落ちなかったので尋ねた。みちは答えない。

「そんなん初めてじゃない？」

「……そんなことないよ」

「そんなことあるよ」ついしつこく問いかけてしまう。

「……お世話になった人のお母さんだから」

言い張るみちの表情をじっと見つめたが、それ以上は何も言わない。陽一は置いてある葬儀場の案内に気づいた。その案内には、『新名家』と記されていた。

新名は寝室で喪服に着替えながら、幸恵がこの家に来た日のことを思い出していた。楓とやり直そうと思っていた時期だった。

「ほんと仲よし夫婦よね」

キッチンで並んで料理を作る新名と楓を見て、幸恵は目を細めていた。

最後に病室に見舞ったときは「二人三脚よ」「二人で息を合わせて」と言っていた。あれは幸恵から新名へのメッセージだったのだろうか。だったら夫婦として母を見送ろう。新名は財布から結婚指輪を取り出し、左手薬指にはめた。


葬儀に行く準備を整えた楓がリビングで待っていると、新名が寝室から出てきた。

「行こうか」

声をかけられ、楓はうなずいて立ち上がった。テーブルの上にある家の鍵に手を伸ばした新名を何げなく見ると、左手の薬指に指輪をしていた。

このまま誠と離れられるのかな?

今日は夫婦として過ごす最後のつとめだと思うと、ふと寂しい気持ちになった。

家に来てからずっと陽一の視線を避けていたみちが、出がけに声をかけてきた。

「……陽ちゃん。これ」バッグの中から何かを取り出してテーブルの上に置いた。

「……なにこれ」見ると、離婚届だ。

「私の気持ちは変わらないから」

「離婚しないって言ったろ」

「陽ちゃん」

「なんでだよ。なんでみちのこと好きなのに別れなきゃなんないの？」

陽一の切なる問いかけに、みちは答えない。

「俺は……みちがいなきゃダメなんだよ……ただ俺の隣にいてほしいだけなのに」

「陽ちゃんは私のことが好きなんじゃないよ」

ようやく口を開いたみちの言葉は、あまりに意外だった。

「自分のことが好きなんだよ」

言葉を続けるみちを、陽一はじっと見ている。

「全部陽ちゃんの気持ちだけ。自分が困るから……自分が寂しいから……自分が好きだから」

みちは寂しげな表情で続ける。「陽ちゃんの中には……私がいないんだよ」

そんな顔にしてしまっているのが自分のせいだと思うと、陽一も悲しい気持ちになる。

「……夫婦なのに……誰よりも近くにいたのに」

「……みち」

「書いたら連絡して」

みちはそれだけ言うと、出ていった。陽一はテーブルの上の離婚届を見つめた。

祭壇には、笑顔の幸恵の遺影が飾られていた。新名は香典を渡す参列者に頭を下げている。フタバ建設の社員らと並びながら、みちは新名を見つめていた。

新名さんのお母さんが病気だったなんて知らなかった……。

みちは改めて新名と自分の距離を実感していると、順番が来た。新名と視線が合ったので、互いに会釈をした。

香典を渡し終えると、みちは近くにいた同僚に小声で告げた。

「先、会社戻りますね」

そして、葬儀場から立ち去ろうとしたとき、聞き覚えのある声に呼び止められた。

「吉野さん」

振り返ると楓が立っていた。

「よかったら手を合わせていってください」

「……はい」

みちはおずおずと会場のほうへ向かった。

出棺の前、新名は棺の片隅にカーディガンと楓が副編集長を務める雑誌『ジンジャー』を入れた。

「それでは出棺します」

葬儀場スタッフが言い、新名や楓や叔母たちが棺に手をかけた。

「幸恵……」

新名の父親が棺を抱え、声をあげて泣き崩れる。厳格そうに見える父親の取り乱す姿を見て、もらい泣きしている参列者もいた。

「父さん」

新名が父親を離そうとしたが、楓がその手を止めた。新名は父親から手を離し、嗚咽《おえつ》を漏らす父をじっと見つめていた。楓はそんな新名の背中に手を添えている。小柄で華奢な楓だが、新名を支えるその姿は凛《りん》としている。

強いなぁ……。

みちは楓の姿を見て、その内側からにじみ出る強さに圧倒されていた。

みちは、葬儀場から会社に戻る道々、楓の姿がずっと頭の中にこびりついていた。

私は誰かを支えるどころか、人に頼って、流されて、今まで一人で立ってこなかった。

会社に戻って着替えを済ませ、ロッカーに喪服などの入った荷物をしまう。

自分の足でちゃんと立たなきゃ……。

ロッカーの扉を閉め、みちは自分のデスクに戻った。


高坂が陽一の自宅を訪ねてきた。

「酒臭ぇな」

リビングに入ってきた高坂は顔をしかめた。テーブルには吸い殻やビールの空き缶などが散乱している。高坂がベランダの窓を開けると、室内に風が入ってきて心地いい。

「店で酒飲んで寝た次はずる休み。おまえ仏の顔も三度までって知ってるか？」

高坂は、キッチンでコーヒーを淹れている陽一を呆れた顔で見ている。

「あと一回残ってますね」

「ばかやろう」

「……すいません」心から申し訳ないと思い、頭を下げた。

「なんで俺だけコーヒーなんだよ」

ああそっちか、と、陽一は冷蔵庫から缶ビールを取り出して高坂の前に置いた。

「店いいんですか？　俺が言うのもアレですけど」陽一が尋ねると、

「本当にアレだよ。なんかつまみねぇの？」高坂ははぐらかすように言った。

あー、と、陽一は冷蔵庫を開けて何かつまみになるものを探す。高坂はテーブルの上の柿の種の容器を手に取ってつまんだ。

「なんもないですね」

振り返った陽一は、高坂が柿の種を食べながらわざとらしくとぼけている姿を見て、その下に置いてあった離婚届を見られたことに気づいた。

「いやー昨日もさんざんカミさんの愚痴聞かされてよ。夜中の三時までだぞ？」

高坂は何も見ていないかのように話し始めた。

「それはきついですね」陽一も話を合わせる。

「ひたすらうんうんってうなずいて、たまーにちょこっとアドバイスなんかして、そうすりゃ向こうの気が晴れるから」

「奥さんのことよくわかってるんですね」

「こう見えてもけっこう努力してんのよ」

「努力？」

「夫婦だからってわかるわけじゃねぇからな。わかろうとするから夫婦でいられんの」

高坂の言葉が、やけに胸に響いた。

葬儀場の待合室にいると、スマホが鳴った。編集部からだ。楓は廊下に出た。

「五時までには戻るから。デスクに置いといてくれたら戻ってチェックする」

はいよろしく、と電話を切り、待合室に戻ろうとすると、中で自分のことが話題になっていた。

「雑誌の副編集長さんってそんなに忙しいの？」

「幸恵さんの看病にも全然行ってなかったんでしょ？　仕事もけっこうだけど家のこともちゃんとやってくれないとねえ」

「まこちゃんがもっと言ったほうがいいわよ」

親戚らしき人たちが、新名に苦言を呈しているのを楓は廊下で聞いていた。

「俺は、楓にはずっと仕事を頑張ってほしいと思ってるから……そういう彼女だから結婚したいと思ったんだ」

新名はきっぱり言い、親戚たちを黙らせた。楓の目に涙が浮かんできた。

※

夜、腹が減った陽一は戸棚を開けて食べるものを探していた。カップラーメンの買い置きでもないかと期待したが、何もない。仕方なく柿の種の容器のふたを開け、ボリボリと食べ始めたとき、スマホが鳴った。みちからだ。

「……何？」

柿の種を頬張ったまま、電話に出た。

「いま大丈夫？」

ちょうど仕事が終わった頃なのだろう。みちの声とともに街のざわめきが聞こえる。

「大丈夫だけど」

「伝えておきたいことがあって」みちが硬い声で言う。

「……何？」陽一は身構えた。

「私、陽ちゃんが納得するまで待つから」

みちはきっぱりと言った。「一年後でも十年後でも……陽ちゃんが離婚するってちゃんと決めるまで」

陽一が黙っていると、みちは「それだけ。おやすみ」と、電話を切った。

翌日、陽一はフタバ建設の受付に現れた。

「すいません。営業の……たぶん……いや……新名さんお願いできますか。吉野って言えばわかると思うんで」

受付の女性に言ったところに、若い女性が近づいてきた。

「こんにちは」

手にフタバ建設宛の郵便物を持っているが、誰だかわからない。陽一はぼんやりとその女性を見る。

「北原です。前にもここで」

そう言われて、みちの後輩だったとようやく思い出す。

「ああ。どうも」

華に頭を下げたところで、受付の女性が声をかけてきた。

「申し訳ありません。新名は先日退社致しました」

「……そうですか。ありがとうございます」

陽一がまたエスカレーターに乗って帰ろうとすると、華が追ってきた。

「どうして新名さんに会いにきたんですか？」

「……ちょっと」

なんと説明したらいいのかわからずにいたが「あ、今どこで働いてるかとかわかります？」と、尋ねてみた。

「会ってどうするんですか？」

華の様子を見て、陽一は彼女が事情を知っていることに気づいた。

「知りたいことがあるなら先輩に聞けばいいじゃないですか」

「……みちは言わないから」

「なんで言わないか考えたことありますか？」

挑戦的な口調で尋ねられ、陽一は言葉に詰まった。軽く頭を下げて去っていこうとすると「あの！」と呼び止められた。

みちは昇進試験の勉強を続けていた。早めに出勤したり、ちょっとした空き時間を見つけては勉強するようになった。週に何回かはフリースペースにも通った。

わからないことは新名に質問し、さらにその回答を自分なりに応用して、その結果について、さらなる改善点がないか新名に質問を重ねた。

俄然《がぜん》やる気を出し始めたみちと、サポートしている新名のやりとりを、田中が感心したように見ている。

「なんか吉野さんやる気ですね」

「やっぱり受けるからには合格しないと」みちは言った。

「俺も負けてらんないな」田中も真剣に勉強に取り組んだ。


帰り道、新名はみちと並んで駅に向かっていた。

「忙しいのにありがとうございました」

「ううん。忙しくしてたほうがいろいろ気も紛れるし」

幸恵の死からは、まだ当分立ち直れそうもない。でも、みちが心配そうに自分を見ていることに気づき、新名は笑顔をつくった。

「それに吉野さんに会う口実にもなるから」

そう言うと、みちははにかんだ笑みを浮かべた。

「吉野さんはどうして昇進試験受けようと思ったの？」

「え？」

「失礼かもしれないけどちょっと意外だったから」新名は正直な気持ちを口にした。

「そうですよね。最初は田中くんに流されてるだけだったんですけど」

「けど？」

「今は自分の足で立つために頑張りたいと思ってます」

みちは今までにない、強い意志のある表情をしていた。

「誰かの中に自分を探してるようじゃいつまでも変われないんで」

迷いのないみちの表情を見つめていると、なぜだか胸が痛んだ。

「……吉野さんならきっと大丈夫だよ。応援する」

とは言ったものの、何かが心に引っかかる。

「ありがとうございます。でも、自分の足で立つって簡単じゃないですよね。この間も家探そうと思って不動産屋さん行ったら、押し切られそうになって逃げてきちゃいました」

そんな経験も新鮮だったのか、みちはどこか楽しそうだ。

「連絡してくれればいいのに」

もっと頼ってくれたらいい。それが、新名の本音だ。

「え？」

「困ったことがあったらなんでも言って。俺が一緒に行くから」

そう言うと、みちは一瞬足を止めた。表情が硬い。

「……ありがとうございます。じゃあ今度は連絡しようかな」

「うん」

しばらく歩いていくと、分かれ道に出た。

「じゃあここで」

「はい。ありがとうございました」

「おやすみ」

「おやすみなさい」

互いに笑顔で挨拶をして、背中を向けた。歩き出した新名の心中はざわついていた。違和感の正体を探りながら歩いていると、スマホにメッセージが届いた。みちかと思ったが、華だった。

《フタバ建設の北原です。明日少し会えませんか？》

翌日、新名と華は萬田ホールディングスのロビーで向かい合っていた。

「この会社、イケメン多いですね」華はきょろきょろとあたりを見回している。

「誰か紹介しようか？」

「じゃあ浮気しない人お願いします」華が皮肉を込めて言う。

「……なんか話あるんだよね？」

「ちょっとお借りします」

華は目の前のテーブルに置いてあった新名のスマホを手に取る。そして自分のスマホのメモを開き、何やら新名のスマホに打ち込み始めた。

「え？　何してるの？」

驚く新名に、華は携帯番号が入力された画面を見せた。

「先輩の旦那さんの携帯番号です」

いったいどういうことだ。頭を整理するのに数秒かかった。

「新名さんに会いたいそうですよ」

華の言葉に、まず何から質問すればいいか考えていると、

「このことは、先輩は知りません。会うかどうかは新名さんが決めてください」

それじゃあ、と、立ち上がり去っていった。

一人残された新名は、スマホの画面を見つめていた。


無断欠勤したのは一日だけで、それからは自堕落な生活を改め、陽一はきちんと出勤

していた。閉店時間になり、表の看板を『ｃｌｏｓｅ』にひっくり返した後、陽一は緊張の面持ちで人を待っていた。と、ドアが開いた。

「……お電話した新名です」

入ってきたのは、スーツをきちんと着こなした、穏やかそうな風貌の男性だった。

「申し訳ありません」

新名は深く頭を下げた。

「……どうぞ」

陽一がカウンター席を勧めると、新名は顔を上げ、椅子に座った。陽一はコーヒーを淹れ、新名の前に置いた。

「……みちとはどういう関係なんですか？」聞きたいことを、ストレートに口にした。

「……元同僚です」

「それは知ってます……付き合ってるんですか？」

「いえ……」

その答えに、かすかに安堵《あんど》しつつも簡単に信じることはできない。

「……でも」

新名は切り出した。「彼女のことを大切に想っています」

その言葉に、陽一はぴくりと眉根を寄せた。

「申し訳ありません。でも僕は本気で彼女を――」

「みちは俺の妻です」

陽一は新名の言葉を遮った。「結婚してるんですよ。俺と」

新名は黙っている。

「別れませんから」

陽一は宣言した。

「……彼女の気持ちは」

新名が切り出す。

「え」

「彼女の気持ちは考えないんですか？」

言葉は違うが、同じような意味のことを、みちにも言われたような気がする。陽一はすぐに答えることができない。

「みちはあなたを選ぶって言いたいんですか？」

「……それはわかりません。でも、僕は彼女の気持ちを大切にしたいと思ってます」

「……彼女の気持ちって……あなたにみちの気持ちなんかわかるわけないでしょ」

いい加減なことを言うな。陽一は怒りが込みあげてきた。

「じゃああなたにはわかるんですか？」

紳士的だった新名が、陽一に射るような目を向けてくる。

「……気持ちがわかっていたら、みちさんが一人で苦しむことはなかったと思います」

そう言われてしまうと、反論できない。

「みちさんはいま、自分の足で立とうと必死に頑張ってるんです。邪魔しないであげてください」

新名は立ち上がり、財布を取り出した。

「結構です」

「……ごちそうさまでした」

立ち上がり、新名が背を向けた。

「あなたも邪魔しないであげてくださいね」

去り際の新名に、陽一は捨て台詞のような言葉をぶつけることしかできなかった。カウンターには、新名が一口も飲まなかったコーヒーが残されている。陽一は屈辱的な思いで、コーヒーカップをシンクに片づけた。

ある日の会社帰り、みちは不動産屋の外に貼ってある物件を見ていた。１ＤＫや１ＬＤＫの物件を見ているが、なかなか理想的な物件には巡り合えない。中に入ってみようかと店内をのぞいていると、スマホにメッセージが届いた。

《明日話せる？》

陽一からだった。

楓は部下たちと打ち合わせをしていた。

「じゃあレイアウトはこれで。よろしくね」

「わかりました。編集長」

部下の編集者の一人がうなずいた。

「え？」

「みんな言ってますよ。次の編集長は楓さんしかいないって」

「私たちどこまでもついていきますから」

編集者たちに口々に言われ、戸惑いつつも悪い気はしない。

「……ありがとう。ほら仕事仕事」

みんなはそれぞれ自分のデスクに戻っていく。

私が本当に手放せないもの……。

楓は大きく息を吐き、スマホを手に取った。

数日後、楓はマンションにやってきた新名のためにお茶を淹れていた。

「ごめんね。急に呼び出して」

「ううん」

「それ、誠の郵便物」と、テーブルの上にまとめておいた新名宛の郵便物を指した。

「……楓、いろいろありがとう」

「え?」

「母さんのことで助けてもらったから」

「別に私何もしてないよ」むしろ何もできなかったと、悔やんでいるほどだ。

「でも仕事とかけっこう無理したんじゃ」

「誠は気遣いすぎ」

楓は新名の前にお茶を置いた。

「これからはもっと自分出さなきゃダメだよ。妻からの最後のアドバイス」

楓の言葉に、新名は驚いたような表情を浮かべている。決心が鈍らないうちに、楓はひきだしから記入済みの離婚届を出してきた。

「これ、あとでサインして」

「……楓」

「私、本当は誠と離婚していいのかずっと迷ってた。でも、やっぱり仕事が大事だし、夢も諦められない」

それが、楓の出した結論だ。

「うん」

「私は、誠が好きになってくれた自分でいたいから」

楓は新名を見つめた。「……結局変われなくてごめん」

「いいんだよ。楓は変わらなくて……悪いのは、俺が変わったから」

新名は首を横に振りながら言った。

「ずっと楓を支えたいと思ってたのに、結婚したらもっと一緒にいたい、気持ちをわかってほしい……触れ合いたいって。いつの間にか見返りを求めてた……」

楓は、どうして新名の気持ちに気づけなかったかと、いまさらながらに後悔した。あの頃に戻りたいと、何度思っただろう。一時はやり直そうと努力した。けれどもう、前を向くしかない。

「俺のほうこそごめん」

「誠は悪くない」

楓も首を振った。「……誰も悪くないんだよ」

今日は泣かずにいたかった。でもやっぱり、目に涙が滲《にじ》んでくる。新名はそんな楓をやるせない表情で見つめていた。


みちもマンションに帰ってきていた。自分が毎日生活していた頃と、なんとなく流れている空気が違うのを感じる。

「話って何？」

「……うん」

自分で呼んだくせに、陽一はなかなか口を開かない。

「陽ちゃん？」

「……みちに聞きたいことあって」

「聞きたいこと？」

「……前に子ども欲しいかって聞いたでしょ？」

「……うん」

「あんとき、なんて言ってほしかった?」

「え」

「何が答えだった?」

陽一はそんなことが聞きたかったのだろうか。みちは向かい側に座る陽一をじっと見つめ、口を開いた。

「……みちの子どもが欲しいって……そう言ってほしかった」

みちの答えを聞いた陽一は目を伏せ、小さく息を吐いた。

「……どうして?」

今度はみちが尋ねる番だ。「どうしてそんなこと聞くの?」

「……みちの気持ちが知りたかったから」

陽一は言い、しばらく間を置いてから、再び口を開いた。「でもはっきりわかった。

俺には、そんな言葉言えない」

陽一は離婚届を取り出してきた。そしてペンを手に記入し始めた。

「……陽ちゃん」

黙々と記入する陽一の名を、思わず呼んだ。

「……はい」

書き終えた陽一が顔を上げる。

「……ありがとう」

みちは離婚届を丁寧にたたみ、バッグにしまった。

「……ごめんな」

「え」

「……俺と結婚しなきゃよかったな。無駄な時間過ごさせてごめん」

頭を下げた陽一を見ていると、泣きそうになる。みちはぎゅっと唇を結んだ。

「……『そんなことないよ』とか言わないの？」

ボソッと言う陽一に、思わず笑ってしまった。陽一もふっと笑みを漏らす。

「陽ちゃん。ちゃんとご飯食べてね」

みちは笑顔のまま立ち上がり、家を出た。


新名は離婚届に記入を終えた。最後の文字を書き込み、じっと見ていると、

「……じゃあ私のほうで出しとくね」と、楓が声をかけてきた。

「……うん」

「……あ、やっぱり誠、出しといて」

「……わかった」

新名は楓の気持ちを察し、うなずいた。

「そういえば楓の話」

鞄に離婚届をしまいながら、ふと思い出した。

「え？」

「俺が転職の話したとき、楓も話があるって。まだ聞いてなかったよね？」

「ああ。実は次の編集長に推薦してもらえることになって」

「本当に？」

「まだ決まったわけじゃないんだけど」

「でもすごいよ。楓に任せたいと思ってくれたってことでしょ？」

「うん。まぁ」楓は照れくさそうにうなずいた。

「楓、ずっと頑張ってたもんね」

新名は本心から嬉しかった。

「ようやく夢が叶うんだ。よかったね、楓」

「……誠」

楓に呼びかけられ、新名は首をかしげた。

「私……誠と結婚して幸せだったよ」

楓はほほ笑んだ。

「ありがとう。楓」

新名も感謝を込めて、笑みを返した。

※

数日後、みちは昇進試験の日を迎えた。フタバ建設の会議室で、みちは田中ら数人の社員たちとともに試験を受けた。

陽一も自分なりに生活を立て直し、仕事もきちんとこなしていた。あるとき開店前に掃除をしていると、壁にかけてある桜のパズルが目に入った。しばらく考えて取り外し、そのままゴミ袋に捨てた。

新名は新しい職場で奮闘していた。

「担当させていただきます新名です。よろしくお願いします。さっそくですが資料をまとめてきました」

萬田ホールディングスのオフィスの一角で取引先相手に名刺を差し出し、プレゼンし、打ち合わせをする。そんな日が続いていた。


楓の日々も忙しく過ぎていった。もう左手の薬指の指輪も外し、吹っ切れていた。

「編集長。打ち合わせの件、来週の木曜でいいですか?」

加奈が圭子に尋ねているのが、聞こえる。

「あーごめん。木曜は臨時の役員会議だから別日で調整してもらえる?」

圭子が言う。

役員会議。圭子の口から漏れた言葉が耳に入り、楓の胸の中で期待が膨れ上がる。


試験の結果発表の日。朝から緊張しつつ自席で仕事をしていると、パソコンに「昇進試験結果報告」のメールが届いた。

みちは深呼吸をしてから、クリックしてメールを開いた。


夕方、みちは居酒屋で新名と待ち合わせた。おめでとう、ではなく、お疲れ様でした、の乾杯だ。

「せっかく勉強教えてもらったのにすみません」

「ううん。俺は何も」

「でも来年は必ず合格しますから！」

不合格だと知った瞬間は落ち込んだが、すぐに気持ちを切り替えていた。

「じゃあ俺も勉強しとかないとな」

「え？」

「来年はもっとしごくから覚悟しといてね」

来年。その言葉に、みちは一瞬、焼き鳥を食べていた手を止めた。

「……なんか恐いな」

誤魔化すように笑ったみちの表情を、新名がじっと見ている。

「……ご報告遅れちゃったんですけど」

今日はもうひとつ、報告がある。「私も夫と離婚しました」

「……そう。じゃあお互いに解決したってことだね」

「……そうですね」

お互い何も言わず、変な間ができた。みちはうつむいていたが、新名の視線を感じる。

「……今日ってまだ時間大丈夫？」

新名が切り出した。

「え？」

「久しぶりに行かない？　海の中」


ふたりは夜の水族館で水槽を眺めていた。

「この時間だと人が少なくていいですね。でも、魚はお疲れか」

魚たちは優雅に泳いでいるが、みちはそんなことを思った。

「弱い魚って敵から身を守るために海藻の裏や物陰に隠れる習性があるんだって」

「あー、暗くて隠れられるから」

「うん。だったらずっと暗いところにいれば安心なのにね」

「でも、それじゃあ逆に不安になるんじゃないですか？」

「え？」

「ずっと暗い所に隠れてたら、自分が今どこを泳いでるかわかんなくなっちゃうから」

水槽を見つめていると、新名がみちの手を取った。

「……みちさん」

「……はい」みちも緊張し、新名を見上げた。

「お互いにちゃんと解決したら言おうと思ってた」

新名がみちをまっすぐ見つめる。

「……あの……私……」

言葉がうまく出てこない。「……私は……」

「……わかってる」

返ってきた新名の言葉が意外で、みちは「え」と、声を上げた。

「でもどうしても伝えたいんだ。今までいつも自分の気持ちを後回しにしてきたけど……、あなたへの気持ちだけは大事にしたいから」

「……新名さん」

新名は改めてみちを真剣な瞳で見つめた。

「俺はみちさんのことが好きです。ずっと一緒にいてください」

痛いほどに新名の気持ちを感じ、涙が込み上げてくる。このまま新名の胸に飛び込めばいいのかもしれない。だけど……。みちは涙を堪え、口を開いた。

「ごめんなさい、新名さんの気持ちには応えられません」

感情に流されないよう、みちは自分の心に鞭《むち》を打ち、続けた。

「私は……誰にも頼らず一人で生きていきたいです」

二人はしばらく見つめ合った。

「ありがとう。ちゃんと振ってくれて」

新名がふっと笑った。

「……本当にごめんなさい」

「謝らないで」

いつだって新名は優しい。その優しさに胸が痛くなる。

「俺はあなたを好きになって後悔なんかしてない」

「私も新名さんを好きになってよかったです」

みちも笑って言った。

「戦友になってくれてありがとうございました」

「俺も、ありがとう」

穏やかにほほ笑み合いながら、みちは新名に頭を下げて、くるりと背中を向けた。そして、その場から立ち去った。

新名さんがいなかったら私は壊れていた。

でも、もう振り返らない。一人で歩くと決めたから……。

さよなら新名さん。

新名は歩いていくみちの背中をじっと見つめていた。いつかのように追いかけることもできただろう。でももう、そうしたところで無駄だということはわかっていた。

やがてみちの姿は見えなくなった。新名の頰に涙が伝う。水族館を出て歩き出すと、涙が止まらなくなった。新名は背中を震わせて泣き崩れた。

編集部員たちが帰った後、楓は圭子に呼ばれた。編集長就任の話だと疑わなかった。だが、そうではなかった。

「どういうことですか?」楓は声を上げた。

「……編集長は外部から引っ張ってくるって」

「そんな……」楓はその場に、崩れ落ちそうだった。

「力になれなくてごめん、楓」

「……一人にしてもらってもいいですか」

どうにか気力を振り絞って言うと、圭子は楓を気にしながらも編集部を出ていった。

楓はなかなか気持ちを立て直すことができずにいた。

陽一はソファでゲームをしながら缶ビールを飲み、柿の種を食べていた。やがて柿の種が底をつく。すると容器の底に『陽ちゃん食べ過ぎ禁止』と書いてある。みちの字を見つめる陽一の目に、涙が浮かんできた。

みちはまっすぐ前を向いて歩いていた。今、新名のほうを振り返れば、まだ間に合うのかもしれない。でも、それでは今までの自分と同じだ。みちは悲しみを振り切るように、歩き続けた。

11

二カ月後――。

新名はスマホで電話をかけながら、人波をよけ、目的地に向かって歩いていた。

「取引先の予定が長引いてしまって、今向かってます」

坂道と階段をのぼりきって、一軒の店の前に到着した。そこは、陽一が働くカフェだ。

入り口には『ｃｌｏｓｅ』の看板が下がり、『しばらく貸し切り』と貼り紙がしてある。

新名はドアを開け、中をうかがう。

「遅れました」

こう言いながら緊張しつつカウンター内を見ると、陽一も硬い表情を浮かべていた。相変わらず何を考えているのか、よくわからない。陽一は無言のまま目の前のカウンターに水の入ったコップを置き、コーヒーを淹れ始めた。新名はコップが置かれた席に座った。

「今日は？」

新名はカウンター越しに、声をかける。今日は陽一から呼ばれたのだ。

「別れたんですか？」陽一が口を開いた。

「え？」

「だから」

「みちさんのことですか」

「もう別れた？」

「はい？」

新名はどう説明したらいいのかわからず、あえて問い返した。

「え、何？」

今度は陽一が焦《じ》れたように言う。

「別れたというか……」

「え、一緒になったんじゃないんですか？」

陽一は意外そうに目を見開いていたが、その顔がしだいにほころんでくる。

「へぇ」

「嬉しそうな顔しないでください」

「フラれたんだ」

やっぱり陽一は嬉しそうだ。

「そういう言い方しないでください」

「俺さ、この前……」

陽一が切り出した。


先日、陽一は都内の隠れ家風カフェを訪れていた。

めったに他の店に行かない陽一だったが、独立を考え始めて以来、飲食店経営の本を読んだり、他の店を回ったりしていたのだ。

その日も店のインテリアやメニューなどを研究すべく、隠れ家風カフェを訪れていた。店に入り、店内の様子を観察していたところ、背後から聞き覚えのある声が聞こえてきた。

「職業は……会社員です、普通の」

なんと、みちの声だった。陽一はとっさに気配を消して、様子をうかがった。

「どういった?」

みちの向かい側の席の男が尋ねる。

「ああ、あの、建設関係です」

みちは緊張気味に答えた。デートだろうか。陽一は息を潜め、聞き耳を立てる。

「私は医療関係の精密機械などを取り扱う会社を経営しております」

「へぇ……すごいですね」

「父から譲り受けまして。結婚後はお仕事のほうは？」

「え、あ……というか……私その」

みちはしどろもどろだ。

「ごめんなさい、結婚後の話なんて……」

相手の男が言う。

「いえいいえ、ちょっとすみません、お手洗いに」

みちは逃げるように席を立ち、トイレに向かった。陽一は気づかれないよう、みちがいなくなってからデート相手の男性の顔を見た。ごく普通の印象の会社員だったが……。


陽一が話すのを聞いていた新名は、ぽかんとした表情を浮かべた。

「離婚してまだ二カ月……みちさんに限ってそれは」

「会ってるの？」陽一は尋ねた。

「いっさい会ってません」

「どうして一緒になってないの？」

「それはみちさんが決めたことですから」

「……みちは幸せなんでしょうね？」

陽一が迫ると、新名は黙った。

「じゃなきゃ、俺はなんのために別れたんだ？」

「あなたと別れたのはその一歩ですから」

「一歩だけじゃ人間歩けないだろ」

てっきり新名と一緒になるのかと思っていた。そうでないのなら、みちはどこへ歩いていこうとしているのだろう。

「次は？」

「はい？」

陽一はたたみかけるように言った。

「だから、次の一歩は？　みちの」

「どういうことですか？」

そう聞かれて、今度は陽一が黙った。

「みちはすぐコケんだよ。誰かがそばにいて、見ててやんなきゃダメなんじゃないの？」

「みちさんは一人で生きていけますよ」

新名はそう言うが、陽一は納得できずにいた。

「先輩には必要だと思ったんだけどな。新しい出会い」

みちと一緒に会議の準備をしていた華が言った。

「やっぱり嵌められたか。ホントやめて」

みちはプリプリ怒っていた。先日、華に呼び出されてカフェに行ったら、まさかの「お見合い」だったのだ。

「マッチングアプリでダブルブッキングしちゃったから、助っ人お願いしただけですよ」

「相手の人に失礼だし。もういいからそういうの」

「あー、あの呪いですね、自分の足で立つ！　一人で生きていく！」

華はみちの決意をからかう。

「そう決めたから」

「じゃあ一生お一人さまで生きていくんですか？」

「そうだね」みちは意地になって言い返す。

「でも、お一人さま、とか言って、みんなどっかでつながり求めてるんですよね」

「……求めてないよ、向こうも。だって一応お礼だけＬＩＮＥしたけど、既読スルーだよ」

「ニーニャさまで人生のモテ期終了しましたね」

そう言われてしまうと、苦笑いを浮かべるしかなかった。


新名は仕事帰りにフリースペースに立ち寄り、自習スペースを見渡した。思った通り、みちが昇進試験の勉強をしていた。眉間にしわを寄せ、勉強に励んでいる。声をかけるかどうか迷っていると、みちが参考書から顔を上げ、両手を挙げて伸びをした。危うく目が合いそうになり、ドキリとする。

何やってんだ俺は……。

新名はくるりと向きを変え、フリースペースを後にした。


楓は撮影スタジオで、子どもモデルを抱っこし、あやしていた。そして、カメラマンに指示された位置に子どもを立たせている。

新しく配属になった、子育て中の母親をターゲットにした雑誌の撮影をしていると、編集部員が楓を呼びにきた。夢だったファッション誌の編集長にはなれなかった。だから、自ら移動願いを出したのだ。慣れない環境で必死に汗をかき、懸命に頑張っている。

ただそれでも、ふとした瞬間に、あの夜耳にしてしまった「編集長は外部から引っ張ってくるって」という圭子の声を思い出してしまう。

撮影が終わると、にぎやかだった子どもモデルたちは帰り、スタジオの中は、スタッフが黙々と撤収を続けるだけになった。そんな中、楓はいっそうの孤独を感じながら立ち尽くし、思った。

やりがいのある仕事と、新名との家庭。結果的にどちらも失うことになった。

何やってんだろう私……。

「ただいま」

勉強を終えたみちは、一人暮らしの暗い部屋に帰った。

「おかえり」

自分で言い、電気をつけた。どうにか部屋を決めて引っ越したものの、まだ荷物はほとんど片づいていない。疲れた体に鞭を打って段ボールを整理していると、なにやら黒光りする虫の影がよぎった。

「!!」

声にならない叫び声を上げ、逃げたくなったが、そうはいかない。家具の隙間に入ったゴキブリを退治しようと、殺虫スプレーを手に格闘を始める。

なんとか退治し終えた後、落ち着いてトイレに入ると、トイレットペーパーが切れていた。

「マジか。誰か……」

帰りがけに買ってきたトイレットペーパーはリビングに置いたままだ。でももう、持ってきてくれる人はいない。

風呂から上がり、ドライヤーで髪を乾かし始めると、バチンッとブレーカーが落ちて真っ暗になった。

「もう……」

洗濯機を回し、エアコンもつけていたのだから仕方がない。暗い中、ブレーカーを上げようと歩き始めたら、段ボールの角に小指をぶつけてしまった。

「痛っ！」

かがみこんで痛みを堪えながら、情けない気持ちになる。それでもどうにか起き上がってブレーカーを上げ、洗濯を再開した。何から何まで踏んだり蹴ったりだ。

「洗濯少な」

洗濯物を干し終えたが、拍子抜けするほどだ。

今までは誰かいた……。

ゴキブリが出ても、リビングにトイレットペーパーを置き忘れても、ブレーカーが落ちても、足をぶつけてうずくまっていても、一緒に解決してくれたり心配してくれたり笑ってくれたりする誰かが。

あえて見ないようにしていた心の中の寂しさが頭をもたげ始めたとき、インターホンが鳴った。こんな時間に誰かと思って玄関を開けると、華だった。いきなりガバッと泣きついてきた。

「許せないアイツ！」

「ど、どうしたどうした!?」

みちは大泣きしている華を抱き留めた。


みちはスーパーの袋を手に、夜道を歩いていた。

……久しぶりに人にご飯作れる。

部屋には華が待っている。

「おかわりもあるからね」

ぐすぐすと泣きながら手作りの牛丼をかき込んでいる華の前に、作り立てのポテトサラダを置いた。

「華ちゃんも恋の沼に落ちるんだ……」

「バカヤロー！」

「クッション殴っていいよ」

みちが言ったところに、またインターホンが鳴った。

「華っ！」外から声が聞こえてくる。

「バカ」華が呟いた。みちがおそるおそる玄関を開けると、華の恋人らしき男性が立っていた。

「え、どうしてウチに？」

まったく、わけがわからない。

「華、帰ろう」

恋人は言うが、華はぷいとそっぽを向いた。

「どうしてウチの場所知ってるの？」

みちの質問など耳に入らないようで、恋人はひたすら「華、帰ろう」と呼びかけている。

「ばかやろ……」

華は立ち上がり、恋人の胸に飛び込んだ。まるでドラマのワンシーンだ。

「え、だからなんでウチ？」

みちは完全に二人の世界から除外されている。

「華、帰ろう」

「……お邪魔しました」

華はみちに頭を下げると、恋人と帰っていった。呆気《あっけ》にとられているみちを再び静けさが包み込む。

ぽっつーん。

みちは自虐的な気分で、テーブルの上の料理を見つめていた。

※

休日、陽一のマンションに姉の麻美《あさみ》が娘と息子、つまり陽一にとっては姪と甥にあたる美咲《みさき》と翔太《しょうた》を連れてやってきた。

「あの子たちがね、音楽教室の発表会にどうしてもみちさんに来てほしいって。私も仕事で行けないから、思いきってお願いしちゃった」

　麻美が陽一に発表会のチラシを渡す。

『歌あり演奏あり夏休みこども音楽発表会・ご自由にご鑑賞ください！』とある。

「へぇ、土曜か、休めるかな」

「あんたは来ないでいいから。今はまだ顔合わせないほうがいいんじゃない？　お互いのためにさ」

「……子どもの前でよせよ」

　陽一は、ベッドの上でジャンプしている美咲と翔太を気にした。

「大丈夫。うちの子たちにはあんたたちが離婚したこともちゃんと隠さず教えてあるんだから」

　麻美が言う。

「離婚って平和のための手段なんだよー、ね？」

「ね！」

　美咲と翔太は屈託なく言った。

「みちさんに連絡とかしちゃダメよ？　二人とも今が頑張りどきなんだから。耐えろ！」

　麻美がよくわからない励ましの言葉をかけてくれた。

仕事から帰ったみちは、冷蔵庫から残り物のおかずと発泡酒を取り出し、段ボールをテーブルに食事をしていた。
自分の咀嚼音《そしゃくおん》が、やけに大きく聞こえる。陽一と暮らしていたときだって一人で食事をすることはあったのに、そのときは気づかなかった。
と、スマホにメッセージが着信した。新名からだ。
《お久しぶりです。お元気ですか？　勉強は順調？》
メッセージを送ってみたけれど返信はあるだろうか。残業しながら新名が画面を気にしていると、すぐに返信が来た。
《元気です。勉強のほうは、インボイス制度うんぬんが、もう……》
メッセージに、頭が噴火しているスタンプが添えられているのを見て、新名はくすっと笑った。
《おすすめの資料と参考書があるから貸すよ》
新名からの返信に、みちは笑顔になった。

《助かります。ありがとうございます！》
《土曜日どう？　少し勉強する？》
またすぐに返信が来たけれど……。
土曜日か……。
その日は美咲たちの発表会だ。みちはなんと返信したらいいのか、しばらく迷っていた。

土曜日、新名はみちを車に乗せ、発表会会場の公民館の前につけた。みちは、かつての義理の姪と甥が参加する音楽教室の発表会があるということだったので、その前に落ち合って資料と参考書を貸し、ついでに会場まで送ってきた。

「勉強教えてもらった上に送ってもらっちゃって、すみません。ほんと助かりました」

みちは車を降り、新名に借りたものを掲げながら頭を下げた。

「頑張って。また何かわからないことあったら聞いて」

「はい、じゃあまた。お車気をつけて」

「うん」

新名が公民館へ入っていくみちを見送っていると、子どもが弾くモーツァルトのピアノ曲が聞こえてきた。

「モーツァルト……」

新名は、以前資料室でみちと交わした「アインシュタインとモーツァルト」の会話を思い出しながら、その音色に惹《ひ》かれるように、車を降りて公民館の建物のほうに歩いていった。入り口からそっと中をのぞくと、子どもが舞台上でピアノ演奏をしていた。

みちは保護者たちの一団の中にいて、舞台袖にいる子どもたちに手を振っている。先ほど話していた、義理の姪と甥なのだろう。新名はモーツァルトのピアノ曲を聴きながら、みちたちの様子をほほ笑ましく見つめていた。

陽一がバイクで公民館に駆けつけると、もう美咲と翔太の番だった。

舞台上に子どもたちが出てきて整列し、合唱の伴奏が始まる。会場内を見ると、みちがいた。みちも陽一が駆け込んできたことに気づき、目が合った。近づいていこうとすると、ロビーに新名の姿があった。新名は陽一に気づいていないようだ。三人はトライアングルを描くように立っている。

子どもたちが『にじ』を歌い始めた。以前、陽一と桜を見にいき雨に降られた公園で、子どもたちが歌っていた曲だ。

新名がみちを見ると、みちは舞台ではなく別の方向を見ている。その視線を追うと、陽一がいた。陽一は新名に気づくと、踵を返し、会場を出ていった。

陽一は公民館の外に出た。合唱の歌声が漏れて聞こえている。陽一は建物を背に立ち止まり、胸の痛みに顔を歪ませた。

合唱を聴いているうちに、みちの視界は涙でにじんできた。気がつくと、さっきまでいた陽一の姿がいなくなっている。いつしか涙はついにみちの目からあふれ出し、止まらなくなってしまった。みちは涙を流し続けた。

子どもたちの歌声が響く中、新名は泣いているみちを見て、動けずにいた。

※

九カ月後――。

みちは田中と川沿いの遊歩道を急ぎ足で歩いていた。梅雨が近づいているせいか、蒸し暑くて汗だくだ。

「急ぎましょう……」田中はみちに声をかけた。そして、みちが資料でいっぱいの紙袋を両手に持っていることに気づき「持ちましょうか？」と、尋ねた。

「いやいや、大丈夫」

みちは気合いを入れ直し、取引先へと急いだ。

みちと田中は社に戻った。

「ただいま戻りましたー」

取引先で謝罪案件があり、さんざん頭を下げてきた後で肉体的にも精神的にもへとへとだ。

「二人共さっそくだけど先日の商談内容まとめといて」

上司がすぐに声をかけてきた。

「は、はい！」

息つく暇もなく、みちは返事をした。と、社員たちに挨拶してまわっている華の姿を見かけた。大きなお腹の華が、みちを見つけて近づいてくる。

「いよいよ産休だね、体調どう？」

「順調です。それより先輩のほうはどうですか？」華は笑顔で言いながら、「新名さんに勉強教えてもらってるんですよね？　もうくっついちゃえば？」と、小声でささやいてくる。

「だから」

「はいはい戦友でしょ、でもやっぱり男女の友情なんて成立するんですかね？」

華が鼻で笑うので反論しようとしたとき、

「するんだな、これが」

と、声がした。新名だ。みちも華も驚き、振り返った。

「ニーニャさま！　どうしたんですか!?」

「合同プロジェクトの打ち合わせで」新名はクールに言い、「北原さんおめでとう」と、華を祝った。

「ニーニャさまの子どもじゃないのが残念です」

華は久々に新名と会ってはしゃいでいた。

新名が帰社するタイミングでちょうど昼休憩中だったので、みちたちは久々に並んで川沿いの道を歩く。

「昇進試験合格おめでとう」

「ありがとうございます」

二度目の試験で、みちはしっかりリベンジを果たした。

「どう？　営業のほうは？」

新名に聞かれ、みちは先ほど取引先で謝罪してきた件を思い出して顔を曇らせた。

「頭ばっかり下げてます。取引先の人の視線がグサグサ刺さってます。あ、新名さんはすごかったんだなぁって改めてわかりました」

「そんな……みちさんだって立派に一人で立って生きてるじゃない」

「まぁ、ふらつかない程度には」

「たいしたものだよ」

「いやぁ……」

「でも、一人ぼっちになりたかったわけじゃないよね？」

「え……」

みちは新名の意味ありげな問いかけに、考え込んだ。

「……みんな変わっていくね」

新名が言ったタイミングで、分かれ道の橋にさしかかった。

「……ですね、あ、私はここで」

「……そうだ、陽一さんも店辞めて独立するって」

新名がふと思いついたように言う。

「え？　陽一さんって？」

みちはまたしても思考が追いつかない。「どうして新名さんが……」

「それは俺からは言えない」

じゃあ、と去っていく新名の後ろ姿を見送りながら、みちの頭の中は？マークでいっぱいだった。


陽一は高坂に独立しようと思っていることを話した。

「ああ、おまえが辞めたら、俺はカミさんとここで四六時中……」

高坂が言うように、陽一がいなくなったら、店はしばらく高坂と妻のふたりでやっていくことになる。

「仲いいですね？」

「セックスレスだけどな」

高坂があっさりと言う。

「……そうなんですか」

「でも、セックスも、レスも、始まりは愛なんだよ」

ふざけているようで、高坂の言うことはいつも陽一の胸に響く。


若い母親向けの雑誌についての資料や子ども服を手にした楓がスタジオの前を通りかかると、楓がかつて所属先していたファッション誌『ジンジャー』の撮影が行われていた。足を止めて見ていると、てきぱきと後輩に指示を出していた加奈が楓に気づいて頭を下げた。楓も軽く、笑みを返す。

「明日のちびっこのコーディネート、チェックお願いしまーす！」

部下である編集部員の声が聞こえてきた。

「はい、今行く」

楓が自分の現場に戻っていくと、なんと圭子がいた。驚く楓を見て、圭子は笑顔で手を挙げた。

楓と圭子は休憩所でお茶を飲みながら向かい合っていた。

「来月から編集長だって？　おめでとう」

「『ジンジャー』の編集長にはなれませんでしたけど」

「まぁ、でもさ」

何かを言おうとする圭子より前に、楓は口を開いた。

「よかったって思えるようになりました。いやなんか、働くお母さんたちは時間の使い方うまいんですよね。すごい刺激受けて」

「楓は開拓者だね。どんな険しい山があっても、一人でも、ちゃんと前に進んでく。うちに引き抜いちゃおうかなぁ」

「私はここで頑張ります」

「楓は離婚して輝けるタイプの人だね。もう眩《まぶ》しいもん」

圭子に言われ、楓はからっと笑った。


新名はマンションのリビングでお茶を淹れていた。

「結局俺が住んじゃって、楓、引っ越し大変だったでしょ」

「ここは思い出がありすぎるの……誠のネクタイ、私のスカーフと混ざってた、ごめんね」

ネクタイを届けにきた楓が、申し訳なさそうに言う。

「どうりでないと思った」

「クローゼット入れとくね……あ、ごめん」

楓は寝室へ入ろうとして、足を止めた。

「え？ 入っていいよ」

「あそう、じゃ。遠慮なく。でも彼女が嫌がるよ」

「……彼女とはつきあってないんだ」

「向こうの離婚うまくいってないとか？」

「いや」

「じゃあなんでつきあってないの？」楓は心から不思議そうにしている。

「……俺と彼女は戦友なんだよ」

「何と闘ってんの？」楓は笑った。

「まだ心のセックスしてんの？ 寒気した」

わざとなのか、本気なのか、楓が意地悪な口調で言う。

「違うよ。あの人の中にはまだ……」

「かっこわる」

「もういいんだよ」

「私がだよ！　間抜けじゃん。捨てられた男にまた捨てられて。あの子だけが涼しい顔してるなんて」

楓は悔しそうに顔を歪めた。

「さんざん振り回して、周りの人生変えて、バカにしてるよね。ああ、ひとこと言ってやりたい」


みちはスーパーのビニール袋を提げ、陽一の店に通じる階段を上っていた。店をひょいとのぞいてみると、陽一の姿があった。ドアを開けるとカランカランと音が鳴り、陽一が顔を上げた。

「すみません、そろそろ閉店なんで……」

目が合ったので軽く頭を下げると、陽一は「おお」と驚いた。

「久しぶりだ、この味……おいしい」

閉店後、みちは陽一が淹れてくれたコーヒーを味わっていた。

「ねぇ、ちゃんとご飯食べてる？」

おせっかいかなと思いつつも、言ってみる。

「うん」

「インスタントばっかりなんじゃないの？」

「スルメ食ってる」

「……陽ちゃん、全然変わってないね」

「変わったよ」

「どこが？」

「ゲームあんまりしなくなった」

「え、なんで？」

「最近、影絵にはまってるんだ。甥っ子の翔太が来て、それで」

「へぇ、翔太くん元気？」

「うるせえ、かな」

笑っている陽一を見て、みちも笑った。

「くれたビール、開けるか」

陽一はみちが持ってきた缶ビール二本と柿の種ボックスを出した。

「うん。でもバイクは?」

「乗ってない」

「どうして?」

話していると、驚くことの連続だ。本当に久しぶりなのだな、と感じる。

「去年事故った」

「え、嘘! 大丈夫なの?」

「俺が死んでたら泣いてた?」

「泣いたらなんなの? 天国行けるの?」

みちは思わず笑ってしまう。

「……行けるかもな」

陽一の言葉は、軽く流せない雰囲気だ。しばらく沈黙が流れる。

「……でも、死んでたら、私が泣いてるかわかんないじゃん」

「地獄からでも見てる」

やっぱりおかしくなり、みちはふっと笑った。

「そういえば、洗濯の詰め替え用洗剤、買いすぎだろ」

「ごめん」

「半年もったぞ」

「助かったでしょ」

「……柿の種、半分持って帰って」

「いっぺんに食べなくていいじゃん」

「部屋でひとりで食えねぇよ」

「なんで」

「せつない」

陽一はそう言いながら、上目遣いで「今は？」と、聞いてきた。

「ん？」

最初はなんのことだかわからなかったがすぐに気づいて「ああ……一人だよ」と、答えた。でも陽一は黙っている。

「ごめん」

謝ると、陽一は首をかしげた。

「新名さんのこと知ってたんだね」

その問いかけには答えない。

「隠しててごめん。ずっと言わないつもりだった。ずるいでしょ」

「……俺を傷つけないためだろ?」

「そんなの無理なのにね」

「そうだな。みちを傷つけたいなんて一度も思ったことはなかったよ……だけど、傷つけてた」

「傷ついたよ、あれは、グサグサ来た。ほかの人とねえ」

深刻にならないように冗談めかして言ってみる。

「ごめん」

「でも、陽ちゃんができなくて悩んでたのに、私が追い詰めてた……ごめん」

「……みちを傷つけることより、自分が傷つくほうが怖かったんだ……だから、ちゃんとレスに向き合わなかった」

「私も同じだよ。結局あれ以上傷つくのが怖いから、救いを求めた」

「やっぱりずるいな、俺たちは」

「ずるずるで、ダメダメ夫婦だ。だから、それはダメになるよね」

別れる前に話せばよかったのかもしれない。でも別れたから、わかったこともある。

「でも、どこの夫婦も似たりよったりなんじゃないの?」

「レスばっかり?」

「まぁ……セックスもレスも愛から始まるからな……」

陽一の言葉に、みちはすこし考えてから口を開いた。

「……いいこと言ったつもり？」

「受け売りだよ」

陽一は店にある酒やチーズを出してきた。

「もうちょい飲んじゃうか？」

「んー、もうちょいだけね」

互いに別れがたくて、もうすこし飲むことにした。


「はぁ、家だぁ」

陽一のマンションにやってきたみちは、リビングのソファに身を投げるように座った。

「……ビールでいいよな？　ほかのもあるけど」

気持ちよく酔っていたけれど、ハッと我に返って宣言した。

「すぐ帰るから！」


それでもやっぱり気が緩んだのか、陽一もみちもだいぶ酔いが回った。飲んでいるうちに二人で身をよせ、手で影絵を作って壁に映し、遊び始めた。

「コレ何かわかる？」

陽一は両手をくっつけて広げてみた。

「チョウチョ」

「ブー、人間の肺」

「バカじゃない？　じゃあじゃあコレは？」

みちはグーとパーを合わせたような形を作る。

「んー、死んだ亀？」

「カタツムリ」

「じゃ、これは？」

陽一はてのひらをぐちゃぐちゃと動かした。

「わかんない。アメーバ？」

「みちが作るオムライス」

「ひど！　じゃあこれは」

みちも同じような形を作る。

「死んだ亀」

「陽ちゃんが脱いだ靴下」

「じゃあこれは？」

「お地蔵さん？」

「惜しい、雷に怯えてトイレで固まってたみち」

「じゃ、これは？」

「んー、死んだオバケ」

「お腹壊して下痢してソファで死んでる陽ちゃん」

「じゃあ……」

陽一はみちの手を取った。みちは一瞬びくりとしたけれど、そのままでいた。陽一はみちの手に手を重ねて、影絵を作った。

「みちが坂道でコケて転げ落ちていくトイレットペーパー」

「なんで……」

みちが陽一を見た。ふたりの距離が少しずつ近づく。見つめ合いながら顔を寄せていくと、みちも応えた。二人は唇を重ねた。みちはすぐに陽一から離れようと身を固くしたけれど、キスは次第に熱を帯びてくる。

「わりぃ」

陽一は我に返って、唇を離した。

「ごめん」

みちも慌てて距離を取る。

「……今のは……離婚したのにキスした元夫婦の図」

影絵ということにして言い訳をする陽一に、みちは笑った。

「それダメだ……もう帰るね」

「送るよ」

「いい、大丈夫大丈夫」

みちは荷物を手に立ち上がった。

「俺、今ならできたかも……」

陽一は一人、呟いた。


外に出てくると、もう夜が明けようとしていた。みちはドキドキしながら、坂道を下った。

昨夜は久しぶりに疲れた……笑い疲れた……。

眠い目をこすりながら営業先に向かっていると、道の先になにかの撮影隊がいた。何げなく足を止めて見ていると、小さい子どもと母親らしき人たちを撮影スタッフが囲んでいる。その中に楓がいた。スタッフたちを仕切り、撮影中のモデルの子どもたちに気を配り、忙しそうにしている。みちは気配を消して、そっとその場を立ち去ろうとした。

「逃げるな！　泥棒猫！」

呼び止められて振り返ると、楓が仁王立ちになっていた。

その夜、みちと楓は居酒屋で向かい合っていた。

「あなたの顔を見ると殴りたくなる」

酒に酔っているわけでもないのに、楓はずばりと切り出した。

「え」

「ちょうどよかった。きれいごと並べて酔ってるみたいだからずっとひとこと言ってやりたかったの」

「すみません」

「戦友って何？　私はずっと悪役か？」

楓の勢いに、みちは完全に押されていた。

「あのね、誠はムッツリなの」

「え？」

みちは楓の口から飛び出した意外な言葉に吹き出しそうになったが、堪えた。

「今のは笑うとこ。私も笑うしかない。あの人は一生懸命自分の気持ち隠して、自分が傷ついても、相手のことを思いやるような人なの」

「はい」

その通りだと、みちも思う。

「だから、腹が立つの。結婚生活ダメにしてまで、あなたを思っているから……」

そう言われてしまうと、何も言えない。

「これ以上言ってたら、私が惨《みじ》めになるだけか」

「……じゃあ、私も言っていいですか？　やっぱり、楓さんかっこいいです」

みちは思ったままのことを言った。

「ケンカ売ってる？」

「違います違います。私、あのお葬式のとき、楓さんの姿を見て本当にかっこいいと思ったんです。それで私は」

自分の足で立とう、と決めたのだ。

「……あー、もう！　こういうところなんだろな、男が弱いの」

楓はみちの言葉を遮り、悔しそうにしている。

「はい？」

みちは意味がわからなかった。


その後、二人は打ち解けて話していた。

「初めてお話ししたときも……私、言いたいこと言ってしまって、ごめんなさい」

「あなたの言葉、けっこう堪えた。私、今もときどき考えるよ」

楓がしみじみ言う。

「大好きな相手でも一緒に生活してたら億劫《おっくう》になるし、レスにもなる……」

「はい」

そこは、みちも理解できるようになった。

「結婚ていう鎧《よろい》を着て、強くなった気分でいるんじゃない」

「セックスって怖いですね。自分の心も相手の心も見られちゃうんで……」

「丸裸だもんね」

「肌に触れるだけでわかることがありますよね」

「今は自分のことしか考えなくていいから楽」

「たしかに」

寂しいけれど、一人は気楽。それは本音だ。

「やり直したいと思うときある？　元旦那と」

「……いや」

首をひねりながら、昨夜の陽一と交わしたキスが頭をよぎる。

「まぁ、戻るのって前に進むより難しいよね。自分の過去がいちばん大きな壁になるから」

「過去っていろんなものを邪魔しますね」

「邪魔……そうね、邪魔だな。やっつけに行くか」

楓は勢いよく言った。


閉店間際、店には一人客がいるだけだ。陽一はそろそろ片づけに入ろうかとしていると、ドアが開いた。

「いらっしゃいませ」

陽一が顔を上げると、新名だった。

「閉店するまでここにいてもいいですか？」

「コーヒー一杯で粘らなきゃいいよ」

陽一が言うと、新名は黙ってカウンター席に腰を下ろした。

「殴り込みか？」

「はい」

いったい何を言い出すのか。二人の間に緊張が走った。


店を出たみちは、どんどん歩いていく楓のあとをついていった。

「あれ、ちょっとポツポツきた？」

楓が夜空を見上げている。

「今夜雨なんて予報だったかな」

「あれ、お店どこだっけ？　わかる？」

楓がみちにスマホのマップを見せた。

「楓さん……え、まさか？」

目的地はなんと、陽一の店だ。なぜ知っているのだろう。

「女って何するかわかんないね」

楓は強気な笑みを見せた。

最後の客が出ていき、陽一と新名は二人になった。

「お話ししてもいいですか？」

新名はカウンター内の陽一をまっすぐに見据えた。

「みちさんは今でも一人頑張り続けています」

「……何度も聞いたよ」

「でも一人で自立して生きていくことだけがいいわけじゃない」

「……何が言いたいわけ？」

「俺は……」

新名が言いかけたとき、カランカランとドアが開いた。

「いらっしゃいませ」

現れたのは女性の二人連れ……と思ったら、一人はみちだった。

「誠、なんでいるの？」

先に入ってきた見覚えのある女性客が、新名を見て目を丸くしている。みちもだ。

「楓こそなんで？」

新名も素っ頓狂な声を上げた。

陽一はカウンターに並んで座る三人にコーヒーを出した。

「いただきます」

「陽ちゃん……こちら、新名さんの……」

みちが一緒に来た女性を紹介しようとしたが、

「元妻です」

楓が自ら名乗った。

「ああ……あと三十分で、店の片づけあるんで」

陽一は言った。

「私は飲んだらすぐ」

「……じゃあ、私も」

みちも楓に続いて言った。先に来ていた新名に気を使っているのだろう。

「あなたはいなきゃ」

楓はぴしゃりと言った。

「え……」

みちが困惑していることは気にせず、

「誠、何しに来たの？」

楓はあっけらかんと新名に尋ねた。

「……殴り込み、かな」

新名の言葉に、みちが不安げな表情を浮かべた。楓はそんな様子を傍観《ぼうかん》している。

「ちゃんと決着をつけたい」

新名が陽一を見据えた。

「……じゃ、男の覚悟？　見届けようかな」

楓がどこか楽しむように言う。新名は財布から百円玉を出した。いったい何をするのだろうと、陽一たちは新名の手元に注目した。

「表？　裏？」

新名が挑むようにカウンターの中の陽一を見ている。

「新名さん……？」

みちが声をかけたが、新名は陽一から目を離さない。

「どっちですか？」

「知らないよ」

陽一は投げやりな口調で言った。

「じゃあ俺が表で」

新名は親指でコインを弾《はじ》いた。四人は宙に舞うコインが描く軌道を目で追った。新名は落ちてきたコインをキャッチした。

「表」陽一は言った。

「ほんと？」楓が陽一を見る。

「……では、俺から」

新名はみちを見た。みちが居心地悪そうにしている。

「俺はまだみちさんのことを忘れられない」

きっぱりと思いを告げたが、新名はすぐに「でも、みちさんの心に開いた穴は俺には埋められなかった」と言った。そして口をつぐんだ。次に新名が何を言うか、全員が新名を見ていた。

「……負け惜しみかもしれないけど、幸せになって」

新名はみちに言うと、陽一を見た。

「……どうぞ」

指名されたようだが、陽一は黙っていた。

「じゃああなたの負けですね」

「……何、一人で……」

勝負を挑まれていたようだが、そもそも陽一は受けて立ってはいない。陽一は困ったように、みちを見た。その重い空気に耐えられなかったのか、みちは窓の外に視線を移した。

「……雨、強くなってる」

ほかの三人は黙っていた。

「そろそろ帰りましょうか……」

みちは誰に言うでもなく呟いた。

「……両方負けたね」

楓が新名と陽一を見て言った。

※

三人は帰り支度をし、立ち上がった。

「けっこう降ってきましたね」

新名は一瞬、外に出るのをためらった。

「ちょっと待って」

陽一は店の奥から傘を持ってきた。

「忘れ物の傘、ちょうど三本あった。どうせ取りにこないから」

「陽ちゃんは?」

みちが心配そうに言う。

「俺は大丈夫、片づけあるし、まぁ濡《ぬ》れても」

「独身の風邪は地獄ですよ?」

楓が言うと、

「傘買ってきますよ」

と、新名が提案した。

「俺はいいから……人の世話焼くの好きだな」

陽一はお人よしの新名に呆れながら、なかば追い出すように三人に傘を持たせた。傘を渡すとき、みちと目が合った。だがそのまま三人は店を出ていった。

その姿を見送ると、涙がこみ上げてきた。陽一は店で一人、泣いた。

三人は黙って歩いていた。やがて、T字路にさしかかった。

「俺はこっちだから」

「私はこっち」

新名と楓はそれぞれ右と左を指した。みちは黙っている。

「みちさんは？」

楓が尋ねた。

「……忘れ物」

「……はい」

新名には、みちがどうしたいのかがわかった。穏やかな笑みを向けると、楓も同じような表情を浮かべてみちを見ていた。みちは新名たちに軽く頭を下げ、たったいま来た道を戻っていった。二人はみちの背中をやさしく見送った。

「誠、かっこよかったよ」

みちが見えなくなると、楓が新名に言った。

「じゃあ」

そして二人はほぼ同時に言った。

「また……」言いかけて、楓は自嘲気味に笑う。「は、あるのかな？」

「また」

新名は心から言った。

「私が戦友になってあげよっか?」

楓の提案に、新名は口の端を上げてにっこり笑った。


急ぎ足で店に戻ると、陽一が店の片づけをしているのが見えた。みちはドアをカランカランと開け、入っていった。

「雨、やみそうにないから」

みちがそう言うと、陽一はしばらく黙って見ていた。ドアの外の雨音が、二人をやさしく包み込む。どれぐらい時間が流れただろう。

「みち、好きだよ」

陽一が照れくさそうに、口を開いた。

みちは静かに、笑みを浮かべた。


雨が上がっても、明日になっても、その向こうになにが見えるのかわからない。だから私は歩いていく。

マンションに向かう長い坂道を、買い物袋を提げたみちと陽一が上がっていく。
みちの頭の中をそんな光景がよぎっていった。
過去の光景なのか、未来の光景なのか、ずっと続いていくのか。
それはみちにもわからなかった――。

（おわり）

CAST

吉野みち…………………… 奈緒
新名 誠 …………………… 岩田剛典
新名 楓 …………………… 田中みな実

三島結衣花………………… さとうほなみ
北原 華 …………………… 武田玲奈

高坂 仁 …………………… 宇野祥平
川上圭子…………………… ＭＥＧＵＭＩ
新名幸恵…………………… 大塚寧々

＊

吉野陽一…………………… 永山瑛太

他

原作：ハルノ晴『あなたがしてくれなくても』（双葉社）

■ **TV STAFF**

脚本：市川貴幸　おかざきさとこ　黒田 狭

主題歌：稲葉浩志『Stray Hearts』（VERMILLION RECORDS）

挿入歌：稲葉浩志『ダンスはうまく踊れない』

（VERMILLION RECORDS）

音楽：菅野祐悟

プロデュース：三竿玲子

制作プロデュース：古郡真也（FILM）

演出：西谷 弘　髙野 舞　三橋利行（FILM）

■ **BOOK STAFF**

ノベライズ：百瀬しのぶ

ブックデザイン：市川晶子（扶桑社）

校閲：東京出版サービスセンター

DTP：明昌堂

あなたがしてくれなくても（下）

発行日　2023年6月30日　初版第1刷発行

原　　作：ハルノ晴（『あなたがしてくれなくても』（双葉社/「漫画アクション」連載中）
脚　　本：市川貴幸、おかざきさとこ、黒田 狭
ノベライズ：百瀬しのぶ

発 行 者　小池英彦
発 行 所　株式会社 扶桑社
〒105-8070 東京都港区芝浦1-1-1 浜松町ビルディング
電話　03-6368-8870（編集）
03-6368-8891（郵便室）
www.fusosha.co.jp

企画協力　株式会社フジテレビジョン
製本・印刷　中央精版印刷株式会社

Printed in Japan
ISBN 978-4-594-09489-8